SEUL FACE
AU FÜHRER

ISBN : 978-2-492301-24-7
Dépôt légal : mai 2023

JEAN-BAPTISTE NAUDET

SEUL FACE AU FÜHRER

GEORG ELSER

NOVICE

« Ces hommes et ces femmes se sont battus
sans aide de l'intérieur ou de l'extérieur,
poussés uniquement par les tourments
de leur conscience. »

Winston Churchill

Chapitre 1
Le repérage

Vêtu d'un simple pardessus noir, un petit bagage en cuir à la main, Georg Elser passe inaperçu dans le flot pressé des voyageurs. Personne ne s'aperçoit qu'un tueur en puissance est descendu sur le quai de la gare. L'apprenti assassin est arrivé à Munich de sa région natale de Königsbronn. Il a pris un wagon crasseux de troisième classe. C'est un économe. Et il épargne pour sa folle entreprise. Il n'a pas encore de plan précis, seulement « un projet ». C'est un projet impossible, dément, une idée extravagante et très risquée. Georg Elser n'en a parlé à personne. Pourtant il n'a pas tenu son voyage secret. Il ne veut surtout pas avoir l'air de dissimuler quelque chose. Il est venu ce 8 novembre 1938 à Munich en repérage, pour préparer ce qu'il appelle avec pudeur « son acte ». Un acte qui peut bouleverser l'Histoire. La gare de Munich s'est habillée aux couleurs rouge et noir du nazisme. La capitale bavaroise est couverte d'une luxuriance de bannières à croix gammées. La commémoration annuelle du putsch raté d'Hitler, des 8 et 9 novembre 1923, bat son plein.

Dans la fumée, la pénombre, dans le fracas des malles, des valises et des trains grinçant sur les aiguillages, une foule servile, fiévreuse, bourdonnante grouille dans le vaste hall de la München Hauptbahnhof. Depuis l'Anschluss, l'annexion de l'Autriche, six mois plus tôt, en mars 1938, l'Allemagne défaite en 1918, terrassée par la crise de 1929, gangrenée par l'hyperinflation et le chômage de masse, relève la tête. L'appétit germanique semble même devenu insatiable. Il y a un mois, le 1er octobre 1938, la Wehrmacht a annexé les Sudètes, en Tchécoslovaquie. L'armée allemande menace d'avaler le pays tout entier. Cela fait plus de cinq ans que le parti nazi et son leader, Adolf Hitler, sont au pouvoir. Il flotte dans l'air comme une arrogante atmosphère de revanche, un parfum d'avant-guerre.

Dans la foule fourmillante, enjouée et bruyante, Georg Elser ne se fait pas remarquer. Non pas parce qu'il prend un air dégagé, mais parce qu'il est naturel, détendu, un peu désinvolte. Il a un regard franc et un sourire doux aux lèvres. Avec dans son dos l'écho étouffé des annonces des quais passagers, des coups de sifflet assourdis, Georg marche à travers la cohue vert-de-gris d'un pas souple, tranquille et décidé. Petit, 1,64 m, mince, yeux vifs et sombres, oreilles légèrement décollées, menton obstiné, ses cheveux noirs ondulés sont trop longs et trop indisciplinés pour le Troisième Reich. Pourtant Georg n'appartient pas à la jeunesse insoumise. À 35 ans, il n'est pas un « pirate » ou un *swing kid.* Il n'est pas un de ces jeunes pacifistes qui refusent de travailler, qui portent des vestes baggy, de longs manteaux et des cravates larges, qui se laissent pousser la chevelure. Il n'est pas non plus un de ces rebelles qui dansent le swing et tournent en dérision le parti en faisant le salut nazi en criant « *Swing Heil !* » au lieu du traditionnel « *Sieg Heil !* ». Georg n'a pas l'allure d'un révolté. Il ressemble diablement à ce qu'il est : un ouvrier allemand discipliné, un simple ébéniste en voyage. Les apparences sont trompeuses. Car ce modeste et discret travailleur a des convictions toutes personnelles, du savoir-faire, une détermination de fer et une folle idée fixe.

Le comptoir du service de logement du parti s'est installé dans la gare pour l'événement. Des fonctionnaires affairés donnent une chambre à Georg sans grogner. Pour un mark la nuit, il peut loger à Albanistrasse. On ne lui a pas demandé s'il avait participé à la tentative de putsch de 1923, ni s'il est membre du Parti. Juste où il voulait résider. On ne note que son nom. Ça ne l'inquiète pas. Ce n'est pas la peine de lui demander d'où il vient. Son lourd accent souabe de Königsbronn le trahit. Ses intonations sont immanquables, inoubliables. Et elles vont lui coûter cher.

Georg ne connaît pas bien Munich, la *Hauptstadt der Bewegung*, la « capitale du mouvement », comme l'appellent les nazis. Il n'y est venu qu'une seule fois, dix-neuf ans plus tôt, pour l'Oktoberfest, la fête d'Octobre, la fête de la Bière. Une orgie de saucisses et de pieds de cochons grillés, arrosés de schnaps et de bière servie dans des *mass*, des chopes d'un litre. Le tout enrobé de chants bavarois et du flonflon des cuivres des fanfares. Georg sort de la gare, il hésite. Des policiers avec des chiens patrouillent devant l'entrée du grand hall. Il reste imperturbable. En général, il préfère marcher. Pour une fois, il se décide à prendre le tramway. Dans la voiture brinquebalante qui glisse sur les rails, il se renseigne auprès du conducteur au sujet de sa destination puis il s'assied près d'une fenêtre.

À Albanistrasse, l'immeuble sent le chou bouilli et la viande à l'étouffée. Premier couac, Georg Elser apprend qu'on ne peut pas le loger. Il atterrit chez les voisins du dessous. Il ne veut pas se faire remarquer alors, sans protester, il dort sur le canapé. Le confort, Georg s'en moque. Il n'est pas là pour se reposer ni pour faire du tourisme.

Il ne vient pas voir la colossale statue de bronze Bavaria, allégorie féminine de la Bavière, ou visiter l'emblème de la ville, la Frauenkirche, la cathédrale gothique Notre-Dame en briques rouges. Il n'est pas là non plus pour boire une pinte et manger une choucroute à la Hofbräufhaus, le célèbre palais de la Bière du XVIe siècle où Hitler a fait adopter en 1920 le programme du futur parti nazi.

Ici personne ne lui demande rien. Ni qui il est, ni où il va, ni ce qu'il fait. Il ment. Il prétend qu'il vient visiter Munich. Pourtant il décline sa véritable identité. Il va même s'enregistrer à la police et sous son vrai nom. Ne jamais se cacher, c'est sa façon de passer inaperçu. Puis, vers 20 heures, Georg se rend à pied à la *Bürgerbräukeller*, une brasserie ouverte à la fin du XIXe siècle et intimement liée à l'histoire du nazisme. Sur la rive droite de la rivière Isar, la « cave à bière du citoyen » est le véritable but de son voyage.

Georg demande très poliment son chemin à des passants. Munich regorge d'uniformes et de touristes. Dans la ville couverte d'étendards nazis, les swastikas noirs se détachent sur le blanc et rouge des drapeaux accrochés aux immeubles. Il coupe une rue, longe la sauvage rivière Isar. Il arrive à la Rosenheimstrasse. La rue où se trouve la grande brasserie est bloquée par des barrières gardées par des cordons de police. L'arche du portail porte en lettres italiques l'inscription : *Bürger-Brau-Keller*. Sur le trottoir s'entasse une foule compacte, fébrile et agitée, trépidante. Quelques badauds et des admirateurs hystériques guettent les hauts dignitaires nazis. Ils se serrent, se pressent, frémissants, exaltés, presque hallucinés, dans le fol espoir de voir leur idole, Adolf Hitler. Des hommes en chemises brunes n'ont pas pu rentrer dans le hall bondé de la brasserie où leur « cher Führer » est en train de prononcer un discours devant des adulateurs chauffés à la bière et à blanc.

À l'intérieur, des tonnerres d'applaudissements. À l'extérieur, la clameur brutale de la foule tapageuse. Cette excitation fiévreuse laisse Georg indifférent. Elle le révulse plutôt. Il déteste cette foule docile, effervescente et frénétique, son haleine fétide de haine, son visage blême et grimaçant. Il réprouve cette aliénation, cette hypnose collective, cette psychose de masse. Il hait cet essaim survolté qui se croit une meute courageuse, mais qui n'est qu'un troupeau aveugle et coléreux. Il a en horreur cette bête rageuse, impulsive, régressive et maniaque, agitée de remous, de bouillonnement, de convulsions. Il vomit cette fusion des médiocrités par la désintégration des personnalités, par la décomposition des individualités. Georg est un être profondément individualiste, farouchement indépendant. C'est un modéré, un rationnel qui ne cherche pas un Sauveur sur terre. Il exècre le fanatisme et l'idolâtrie. Il aime la mesure et la discrétion. Pourtant il va passer pour un salaud ou un héros.

Georg était sûr que le Führer viendrait ce jour-là à Munich. Il savait qu'il se rendrait à la *Bürgerbräukeller*, le lieu saint du nazisme. Tous les ans, Hitler vient ici se ressourcer, ranimer les fantômes, exciter les courages. Comme toujours, les journaux ont annoncé l'événement. Les 8 et 9 novembre, ce sont d'ailleurs les seuls jours où l'on sait, pour sûr, où va se trouver Hitler. Le reste du temps, son emploi du temps est imprévisible. Raisons de sécurité. Mais Georg sait que le Führer ne manquerait pour rien au monde la commémoration de son putsch manqué de 1923.

Car cet échec a marqué le début de son foudroyant succès. Ce ratage sanglant, c'est le mythe fondateur du nazisme.

En cet automne, Adolf Hitler croit son heure venue. Il pense que le désastre allemand d'après-guerre lui ouvre la route du pouvoir. Il s'attaque à la Bavière, à Munich, berceau du parti nazi. Le soir du 8 novembre, les autorités bavaroises sont réunies dans la grande salle de la brasserie *Bürgerbräukeller* dans les odeurs fades de bière et de tabac froid. Pistolet à la main, à la tête d'hommes de la Sturmabteilung, la SA, en armes, Hitler fait irruption dans le grand hall vers 20 h 30. Il brise une chope de bière par terre. Puis, en amateur de western, il tire un coup de feu dans le plafond. Il lance : « La révolution nationale a éclaté ! », puis déclare déchu le gouvernement juif de Weimar.

Le lendemain, le sang coule. Hitler prend la tête de près de trois mille hommes. Ils défilent vers le centre de Munich. Devant la Feldherrnhalle, la loggia grise de style florentin de la place de l'Odéon, le cortège se heurte à la police. Des coups de feu éclatent. Seize morts chez les nazis. Selon la légende, le sang de SA tués a alors imprégné un drapeau à croix gammée. Ce « drapeau de sang », le *Blutfahne*, est devenu une relique nazie. À 34 ans, Hitler est condamné à cinq ans de forteresse. Le putschiste ne fera que neuf mois. Le temps d'écrire *Mein Kampf* et de préparer son arrivée au pouvoir, dix ans plus tard, par des « moyens légaux ».

Depuis, le Führer ne rate jamais l'anniversaire de ce putsch raté. Ces cérémonies de commémoration à Munich sont devenues le principal rituel du parti nazi. Tous les ans, le 8 novembre, entre 20 h 30 et 22 heures, Hitler prononce un discours devant « sa famille », ses amis SA, les « Vieux Combattants », les vétérans du putsch, en chemises brunes, casquettes, brassards rouges à croix gammées. Dans cette brasserie où se sont joués tant de moments historiques du NSDAP, le Nationalsozialistische Deutsche Arbeiterpartei, Parti national-socialiste des travailleurs allemands, il honore les seize nazis « martyrs », tombés dans les rues de Munich « pour la Cause ».

Anonyme parmi la foule amassée devant l'établissement, Georg Elser observe, effaré, l'hystérie autour du Führer. À l'intérieur, Hitler est d'humeur guerrière. Dans la grande salle de la *Bürgerbräukeller*, bondée, enfumée, qui empeste le fauve, il harangue les SA.

— Le peuple allemand n'aura pas peur des bombes venant de la Lune ou de Mars. Je suis décidé à assurer la sécurité du Reich. Cela signifie faire des sacrifices. Mais il vaut mieux prendre sur nous ces sacrifices que de les faire sous forme de contributions ou, comme on disait alors, de réparations à l'étranger.

Voix menaçante, métallique, irritée, arrogante, le Führer ponctue son discours de violents coups de main frappés sur le pupitre.

— Nous sommes décidés à nous défendre, à nous défendre d'une manière virile. Le peuple allemand n'ira pas à Canossa. Si un autre monde se refuse à faire droit au droit par la négociation, il ne faudra pas s'étonner que nous assurions notre droit par d'autres moyens !

Acclamations de l'assistance.

Il est 22 h 30. Le discours s'est achevé par des vociférations, sous un tonnerre d'applaudissements, ponctués de « *Sieg Heil !* ». Comme chaque année, il a duré près de deux heures. Dehors, la foule finit par se disperser. Georg Elser n'a pas aperçu Hitler. Il se dit qu'il ne doit pas agir à l'extérieur. Les barrières sont enlevées, le porche de la *Bürgerbräukeller* est encore éclairé, les portes sont grandes ouvertes. Georg entre. Personne ne lui demande où il va. Il passe par le vestiaire pour se rendre dans la grande salle de bal, là où le Führer vient de haranguer ses partisans. Il pousse la grande porte à double battant. Le grand hall s'est vidé, il est presque désert. L'air épais sent la bière, le graillon, l'haleine chargée, la sueur et le renfermé. Quelques chemises brunes éméchées finissent une chope pendant que les serveurs débarrassent les verres, essuient les tables et rangent les chaises. Le bock dans lequel Hitler a bu a été vendu aux enchères depuis longtemps à l'une de ses nombreuses admiratrices.

Georg fait le tour de la salle. Il note l'emplacement du pupitre de l'orateur : au fond, au milieu du mur, près d'un pilier central recouvert d'une grande bannière à croix gammée. Les fans ont religieusement embrassé ce drapeau. Georg observe. Il ne monte pas sur l'étroite galerie intérieure qui, en hauteur, fait le tour de la salle. Il ne pense pas encore à ce qu'il pourrait faire ici. Il constate simplement que la salle se prête à un attentat. Elle n'est surveillée ni par la police, ni par la Gestapo. Ce sont les SA, les « Vieux Combattants », qui sont censés y assurer la sécurité. Mais ils sont principalement occupés à boire. La *Bürgerbräukeller* n'est peut-être pas le seul endroit pour assassiner Hitler. Mais c'est sans doute le meilleur. Tout le monde y accède sans difficulté. C'est comme si le culte de l'obéissance au chef était tellement ancré dans les têtes que personne ne pouvait imaginer qu'un Allemand puisse entrer ici, dans ce temple de la bière et du nazisme, pour tuer Hitler.

Vers 23 heures, Georg dîne dans la *Bräustüberl*, la petite salle de restaurant de l'établissement. Commencer à nouer des relations familières avec le personnel fait partie de sa stratégie. Il ne veut pas avoir l'air de se cacher. Il s'assied au milieu de la salle, à l'une des tables rondes. Un inconnu, un compatriote souabe, l'a identifié à son accent. Il lui offre une bière. Georg fait prudemment connaissance. On ne sait jamais qui est nazi et qui ne l'est pas, et ce que l'on peut dire. Elser boit peu. Par courtoisie, il finit à petites gorgées sa chope puis sa Münchner Weißwurst. À la dernière bouchée de sa saucisse blanche, il se décide : il tuera Hitler ici, seul. Reste à savoir comment. Par les rues silencieuses, désertes et glacées, sous le halo bleuâtre des réverbères qui se reflète sur le pavé sombre, il rentre vite se coucher. À Albanistrasse, tout le monde dort déjà. Sur le sofa déglingué, il sombre dans le sommeil du juste.

Le matin de ce 9 novembre 1938, vers 10 heures, Georg Elser prend poliment congé de ses hôtes. Il a vite avalé un petit déjeuner, café et saucisses, pain noir et marmelade. Toujours à pied, l'ébéniste retourne à la brasserie *Bürgerbräukeller*. Le chemin lui est déjà familier. Il veut de nouveau visiter le grand hall afin d'imprimer dans sa tête le plan de la salle, l'emplacement du pupitre, du pilier, d'évaluer la hauteur de la galerie circulaire. Il veut aussi observer le traditionnel pèlerinage nazi. Chaque année, le 9 novembre, après son discours, Hitler prend la tête de la « Marche du souvenir », une procession funèbre jusqu'au lieu du bain de sang de 1923, la Feldherrnhalle. Le Führer pousse ensuite jusqu'à la Königsplatz, jusqu'au mausolée où reposent les seize « martyrs » du national-socialisme.

Face au porche d'entrée de la *Bürgerbräukeller*, la police contient sur le trottoir la foule impatiente. C'est là que Georg aperçoit Hitler pour la première fois. Il le trouve plus ridicule que fascinant. La foule acclame son Führer. Hitler en tête, le cortège s'ébranle en silence pour la « Marche du souvenir » à travers Munich. Le *Blutfahne*, le « drapeau de sang », ouvre la procession. Le défilé franchit l'Isar sur le pont Ludwigsbrücke. Georg achète une carte postale de la brasserie. Puis il suit le défilé jusqu'au centre-ville. Croise-t-il alors dans la foule le Suisse Maurice Bavaud qui serre dans sa poche son petit pistolet pour tenter lui aussi de tuer le Führer ce jour-là ? Peut-être. Les deux hommes ne peuvent pas se connaître. L'ébéniste allemand et le séminariste suisse ne savent pas qu'ils sont les deux seuls à avoir décidé de se sacrifier avant qu'il ne soit trop tard.

Le long de l'interminable procession funèbre, les haut-parleurs diffusent le *Horst-Wessel-Lied*, l'hymne nazi. Pour éviter de faire le salut hitlérien, exigé en passant devant la Feldherrnhalle, Georg contourne ce monument. Il prend le passage dit des *Drückeberger*, des « tire-au-flanc ». L'ébéniste en a assez vu de la dramaturgie du spectacle de masse nazi. À grands pas, il file à la gare et rentre à Königsbronn le soir même. Il a du travail, beaucoup de travail s'il veut être prêt pour frapper au même endroit, à la même date, l'an prochain, le 8 novembre 1939. À l'Armaturenfabrik de Heidenheim, la fabrique d'armes où il s'est fait embaucher, il va devoir s'intéresser de très près aux explosifs. Par la fenêtre de son wagon, il regarde défiler la banlieue industrielle de Munich, dense et sale. Le lendemain de retour dans sa ville, Georg apprend ce qui s'est passé cette funeste nuit du 9 novembre 1938 à Munich. La chasse aux Juifs, la nuit de la haine, des cris et des larmes, la Nuit de cristal. Plus que jamais, après ce déchaînement de folie furieuse nazie, il est déterminé à agir, quels qu'en soient les risques, quel qu'en soit le prix.

Chapitre 2
Préparatifs

Seul dans la pénombre, sur la galerie qui surplombe la grande salle de bal déserte et silencieuse de la brasserie *Bürgerbräukeller*, Georg Elser creuse. Attentif au moindre bruit, au moindre craquement. Il s'éclaire avec le faisceau tremblant d'une lampe de poche masqué par un mouchoir. Dans les effluves âcres de tabac froid et de bière de la taverne, il creuse presque toute la nuit. En garde, à l'affût, aux aguets, il creuse depuis des heures. Il creuse depuis des jours, depuis des semaines. Il creuse encore, toujours, tout doucement, obstinément.

Avec ses bras puissants de menuisier, ses mains d'artiste, fines et nerveuses, aux paumes calleuses, il fore la pierre, solitaire, mais déterminé. Il creuse dans la nuit nazie sans lune qui enveloppe l'Allemagne comme un linceul. La poussière vole dans cette grande salle de la brasserie plongée dans l'obscurité. Pendant des heures, il évide le pilier pour agrandir son trou. C'est un homme seul, c'est un homme simple, c'est un homme humble. En bleu de travail, il creuse à genoux. Pourtant, c'est un homme debout au milieu d'un peuple prosterné devant son idole, son Sauveur, son Guide, son Führer.

Au moindre bruit, Georg Elser s'arrête. Immobile dans l'obscurité, il guette, il écoute. Il épie dans le noir le murmure du silence dans la brasserie déserte, les rumeurs nocturnes de la ville assoupie. Munich dort, il travaille. Dans le ventre même de la bête, il œuvre en secret pour changer la face du monde. Un bruit, il s'arrête. Fausse alerte. Avec son burin, son marteau, il reprend son ouvrage harassant. Méthodique, consciencieux, méticuleux, il poursuit sans relâche sa tâche, sa folle entreprise. C'est un travail minutieux de maçonnerie pour faire basculer l'Histoire. Le temps presse. Il n'a que quelques semaines. Nous sommes déjà au mois d'août 1939. Georg doit être prêt pour le 8 novembre. Il voudrait tant éviter une nouvelle guerre mondiale. Il souhaite tant « neutraliser » le belliciste, le paganiste, le raciste. Il veut sauver l'Humanité, quoi qu'il puisse lui en coûter.

Afin de ne pas être découvert, il prend mille précautions et progresse doucement, très doucement. Plus il s'enfonce dans le pilier, plus l'extraction des briques devient difficile. Et plus il avance lentement. Or le temps presse. Pour aller plus vite, il pense à faire souder un manche pour allonger son burin. Parfois, c'est le choc. La vrille de son vilebrequin heurte une pierre dure cachée dans le ciment. L'impact résonne dans la grande salle vide à l'excellente acoustique. Il s'immobilise et enveloppe son burin dans un chiffon. Il attend patiemment le grondement d'une voiture, la plainte stridente d'un tram, le grincement d'une porte. N'importe quel bruit qui peut couvrir sa tâche clandestine. Par chance, la chasse d'eau automatique de l'urinoir pour hommes de la *Bürgerbräukeller* se déclenche toutes les dix minutes. Couvert par son vacarme, il a quelques secondes pour travailler. Pour assourdir l'écho, il appuie fortement contre la pierre avant de cogner. À coups secs et rapides de marteau, de burin, il brise la brique.

Bientôt il est essoufflé, épuisé. Il a chaud. Des gouttes de sueur coulent dans son dos. Ses mains sont enflées, ses muscles crispés, ses bras fatigués. À force de frotter sur le sol, ses genoux calleux sont blessés, douloureux. Avant que le jour ne se lève, il cache ses outils : marteau, burin, vilebrequin, vrille burinée. Il ramasse soigneusement les gravats. Il s'applique à ne pas laisser de traces. Il nettoie prudemment la poussière, élimine consciencieusement toutes marques de son passage. Afin de récupérer directement le plus de déblais possible, Georg s'est fabriqué un sac avec une serviette de toilette. Il l'accroche au pilier avec un fil de fer. Mortier et éclats de pierre tombent directement dedans. Une fois que le sac est plein, il le vide dans un carton qu'il entrepose dans un cagibi. Les gravats s'accumulent. Les évacuer est une opération risquée. Lorsque le carton déborde de plâtras, il doit venir vers midi à la brasserie avec sa valise. Il passe par-derrière, remplit la mallette de gravats, puis marche jusqu'au parc voisin. Discrètement, il vide les débris derrière les bains publics Müller, sur les rives de l'Isar.

À la fin de la nuit, avec un sourire satisfait, il examine la niche creusée dans le pilier central de la grande salle, derrière l'estrade. Bientôt son trou sera assez grand pour y placer son engin de mort. Il masque la cavité avec une porte en bois invisible, aux charnières non apparentes, qu'il a soigneusement menuisée. Du beau travail. À tâtons, dans l'obscurité, il se glisse entre les chaises et les tables de chêne. Jusqu'au petit matin, il se cache dans un cagibi aveugle qui sent la peinture rance, les cartons humides, les vieux journaux, les cafards crevés. La température baisse, il a froid.

Assis sur une chaise, il rêvasse. Il ne pense pas. Il ne réfléchit jamais à ce qui va se passer « après », quand il aura tout fait sauter, quand il les aura tués. Il ne songe pas non plus à ce qui pourrait lui arriver si tout venait à échouer, s'il se faisait prendre. Il ne pense pas à lui-même. Ce n'est pas important. Il a une tâche à accomplir. C'est une mission simple, très simple, mais glorieuse. Il s'assoupit, sombre dans un lourd sommeil. Souvent il rêve d'Elsa, son amante. Parfois d'une gigantesque explosion. Une fumée très noire qui se transforme en fleurs multicolores.

Afin de faire un maximum de dégâts, Georg a soigneusement choisi son emplacement. C'est un homme méticuleux, dur à la tâche, un acharné du travail, extrêmement décidé à accomplir son destin. Il ne sait pas ce que c'est que se reposer. Encore quelques nuits de travail et tout sera prêt. Juste à temps. La *Bürgerbräukeller* va sauter. C'est dans cette brasserie qu'Hitler avait fondé, en 1921, la Sturmabteilung, la SA, la section d'assaut. C'est ici qu'il avait tenté son putsch en 1923. C'est dans cet antre du nazisme que le NSDAP, le parti nazi, interdit après le coup d'État manqué, avait été refondé le 25 janvier 1925. C'est dans ce temple munichois de la bière que, le 8 novembre 1925, pour l'anniversaire de son putsch avorté, le Führer avait officiellement créé « l'escadron de protection », la Schutzstaffel. Plus connue sous le sinistre nom de « SS », c'est « l'ordre noir », l'élite militaire et raciale. C'est ici, dans le ventre de la bête, que, bientôt, le 8 novembre 1939 à 21 h 30, Adolf Hitler doit mourir.

Chapitre 3

Enfance d'un « artiste »

Regard brillant, plutôt petit et svelte, Georg est un homme discret et modeste. Fragile, il était souvent malade quand il était enfant. Le « petit Schorsch », comme on l'appelait alors, était facile, calme et tranquille. « Presque trop tranquille », disait Maria, sa mère. Georg est un authentique Souabe, pragmatique, économe et austère, travailleur et imaginatif. C'est un Souabe du Wurtemberg, un dur à cuire de l'Ostalb, du Jura oriental, de la haute vallée de la rivière Brenz qui coule paisiblement de sa source à Königsbronn jusqu'au Danube.

Avec ses paysages de forêts, de champs et de genévriers, l'Ostalb est un univers fermé, replié sur lui-même. C'est un monde peuplé d'ouvriers et d'artisans peu réceptifs au nazisme. Le pays souabe est une région rurale à tradition industrielle et communiste. C'est une contrée froide de petites montagnes usées par l'érosion, couvertes de landes, baignées de cours d'eau sinueux. Un monde à part, avec sa vie indépendante, ses habitudes, son langage, ses croyances. Les Souabes ont la tête dure. Ils se méfient des idées nouvelles et des bouleversements politiques.

Frugal et modeste, Johann Georg Elser est un authentique garçon du pays avec un fort accent. Il est imprégné de piétisme, un mouvement luthérien bien implanté dans la région. Cette doctrine prône un christianisme personnel, un humanisme imprégné d'un sens élevé de la Justice et de la sobriété. Partisans de l'effort individuel, ces protestants flirtent avec l'ascétisme. Dès l'enfance, Georg Elser est réservé, taiseux, presque taciturne. Droit et réfléchi, il parle peu. Il est jaloux de sa liberté, très soucieux de celle des autres. Il aime être son propre maître. Sa passion, c'est réparer, restaurer, chantourner. Il est l'un de ces génies bricoleurs qui ont fait la réputation du pays souabe. L'air pincé, troublé, le garçon peut rester penché des heures sur son établi. Il se concentre, s'applique. Patient et méthodique, il est plus que consciencieux, perfectionniste. Il deviendra vite un ouvrier modèle.

À l'école primaire, Georg aime le dessin, la calligraphie et l'arithmétique. Au collège technique de Heidenheim an der Brenz, le chef-lieu, à dix kilomètres de Königsbronn, il est reçu premier à l'examen final. Il possède un indéniable talent. Modeste mais tenace, Georg n'est pas sauvage même s'il n'a pas beaucoup d'amis. Il est frugal, mange légèrement, boit très peu d'alcool, de la bière exclusivement. Il n'aime pas ceux qui s'enivrent, peut-être en réaction à l'alcoolisme chronique de son père qui a ruiné son enfance. Entraîné par une de ses petites amies, il a même fait partie pendant un an et demi d'un groupe de tempérance. Il n'a que peu fumé, seulement deux ans à l'âge de 24 ans. Il passe son temps à fileter des boulons, à lisser les enclumes, à scier, à raboter, à coller du bois. Il est devenu d'autant plus méticuleux et prudent qu'à l'âge de sept ans, il a perdu l'usage du petit doigt de sa main droite en le coinçant dans l'engrenage de la meule de son père.

Ce que Georg aime, ce qu'il caresse comme une femme, ce sont ses outils. Ils sont sa fierté, sa joie, son âme. Ils sont le prolongement de ses mains, de son corps. Ils sont sa force et son plaisir. Il les a achetés un par un. Tous les soirs, il les nettoie, les essuie puis les range soigneusement. Ce qu'il préfère par-dessus tout, c'est travailler le bois. D'abord il le regarde, puis le touche, le palpe. Il cherche les irrégularités, les défauts, les veines. Ensuite il caresse le grain du bout de ses doigts et effleure sa texture, rugueuse ou fine. Il les aime tous : les bois légers, les bois lourds, les bois blancs ou rouges, les gras, les poreux, les savoureux. Au premier sifflement du rabot, il sent à quelle essence il a affaire.

Il aime sentir la densité de la fibre sous ses mains. Il adore qu'une planche lui résiste. Avec une énergie animale, il se tend et se concentre. Il est toujours prudent. Car une fois que le bois est coupé, il est coupé. Et si un doigt est pris dans la scie ou la machine... Georg aime les arômes du bois, chauds et rassurants, ses senteurs fleuries ou terreuses. Il hume l'odeur sèche des copeaux. Il s'enivre avec les effluves sucrés de la résine, le parfum entêtant de la colle et du vernis qui flotte dans l'atelier. Il passe son temps à tout réparer. Il fabrique des meubles. Il bricole de tout, du clapier à lapins au petit moteur à essence. Il aime la qualité, le travail précis, bien fait, et veut toujours fabriquer du beau, du fiable, du solide. Il a le culte de l'excellence. C'est l'archétype du mythique ouvrier artisan allemand. Allemand, mais pas nazi.

C'est en allant à la menuiserie voisine de sa ferme quand il était enfant que Georg a pris goût au travail du bois. Ses parents l'envoyaient chercher de la sciure pour garnir la litière de l'étable et le poêle. Au milieu des tas de planches dressées contre les murs, des empilements de copeaux balayés dans les coins, le petit Schorsch observait longuement les menuisiers à l'ouvrage. Il respirait le souffle résineux qui pénètre au fond des poumons. Son père aurait voulu qu'il reprenne la ferme. Georg a préféré devenir apprenti. Suivant l'exemple de son ami d'enfance, Eugen Rau, il a d'abord travaillé dans la métallurgie. Les poussières de fer l'ont rendu malade. Il s'est vite tourné vers la menuiserie. Il commence par construire des choses simples : des caisses, des tabourets, des escabeaux, puis des meubles.

Rapidement, il devient un maître. Il aime à s'appeler *Kunstschreiner*, un « artiste dans le travail du bois ». Il apprend à poser du parquet, à installer des portes, des cages d'escalier. Il peut s'acheter des vêtements, ses premiers outils de menuisier et d'ajusteur, des forets, des limes à métaux, des râpes, des scies, des ciseaux, des gouges, des rabots. Il gagne alors quatre deutsche marks par semaine. En 1923, l'hyperinflation va faire perdre toute valeur à l'argent. Un œuf vaut 390 milliards de marks. Le mark perd la raison. C'est à cette époque que l'on raconte l'histoire d'un homme qui avait laissé sa brouette pleine de marks devant la boulangerie. En revenant d'acheter le pain, il avait retrouvé le tas d'argent par terre, pas la brouette. Avec ce qu'il gagne en un jour en ce temps-là, Georg peut à peine s'acheter une miche de pain pour le lendemain. Il démissionne. Il a 20 ans. Il retourne chez ses parents travailler contre le gîte et le couvert.

À la maison, Georg ne parle jamais politique. C'est surtout pour éviter les coups. Son père, Ludwig Elser, est aussi brutal que sa mère Maria était pieuse. Tous les dimanches après-midi, nazisme ou pas nazisme, elle part étudier la Bible au temple protestant de Königsbronn, derrière la gare. Georg exècre son père, un ivrogne traînant toujours à l'auberge, pas seulement les samedis soir. Il le hait surtout les nuits où il rentre du bistrot à la maison, titubant, trébuchant, saoul. Vacillant, grognant, proférant des jurons, il casse les meubles et la vaisselle. Il sort ses enfants du lit et exige qu'ils lui tirent ses bottes. À force de boire l'argent du ménage, son père court à la ruine.

En 1935, Ludwig Elser doit mettre sa ferme en vente. Il la cède à un marchand de bestiaux pour 6 500 marks, la moitié de sa valeur, et continue de s'adonner à la boisson. Alors, pour payer ses dettes à l'auberge et celles de son entreprise de bois, il doit se résoudre à vendre aussi ses champs. Ses arriérés atteignent près de 10 000 marks. Son commerce de bois périclite. Lors des ventes aux enchères, Ludwig Elser est ivre. Il achète le bois beaucoup trop cher. Bientôt, les Elser ne posséderont plus qu'un verger sur le Flachsberg, une colline couverte de landes qui, au nord, domine Königsbronn. Ruinée, la famille se retrouve à la frange de la société et s'entasse dans une petite maison de ville.

S'enfonçant dans les dettes, l'alcoolisme et l'amertume, Ludwig Elser brutalise son fils au moindre écart. C'est aussi sans raison que ce tyran domestique frappe sa femme. Il la cogne avec ses poings, une chaise, une lampe, tout ce qui lui tombe sous la main. Georg est aussi battu par sa mère et ses instituteurs. Depuis sa tendre enfance, il prend des coups. Alors il n'aime pas la violence. Il n'aime pas les tyrans. Sans rien dire, il déguste, il encaisse, il obéit. Bientôt, il en aura assez de se soumettre.

Comme il est l'aîné, ça ne le dérange pas trop de s'occuper de ses frères et sœurs. Ça ne le gêne pas non plus de soutenir sa mère à la ferme familiale, à l'étable, aux champs. Il aide pour la récolte de pommes de terre, pour nettoyer l'écurie. À la fourche, il charge le fourrage et le distribue aux bêtes. C'est après l'école que commence sa vraie journée, celle qui importe pour ses parents. Il lui reste peu de temps pour faire ses devoirs. Georg n'aime pas s'occuper des chevaux de son père. Ils sont maltraités. Ils tirent de lourdes charrettes pour transporter le bois du commerce. Georg a vu trop de bêtes crever sous la charge. Il n'aime pas que l'on fasse souffrir les animaux. Il supporte encore moins qu'on fasse souffrir les hommes. Comme le lui a enseigné son Église, il pratique « l'amour du prochain », jamais la haine de « l'Autre ».

Chapitre 4

À Constance, l'air de la liberté

Georg n'en peut plus. Il en a assez de l'étouffante atmosphère familiale, de la violence alcoolisée de son père. Et il n'arrive plus à supporter l'étroitesse déprimante de son petit village de trois mille âmes. À 22 ans, en 1925, il part de Königsbronn pour le Sud. Il choisit Constance, au climat clément, au lac sublime, la « mer souabe ». Il va y rester près de sept ans. Venu de son rude et pauvre pays de l'Ostalb, il apprend la douceur et la langueur de vivre sur les rives du Bodensee. Mais le chômage fait toujours des ravages. Il cherche avec obstination un emploi. Il marche sans s'arrêter pendant une semaine, en plein hiver, le long du lac, à la recherche d'un travail. Errant de ville en ville, il se sent bien. Pour la première fois de sa vie, il voyage seul et découvre la liberté. Les pieds meurtris, il va où il veut, quand il veut. Il dort dans des auberges et finit par trouver un emploi de menuisier. Il fabrique des hélices en bois dans l'usine de Claude Dornier. Ce génial et célèbre ingénieur aéronautique franco-allemand construit des hydravions à Manzell, près du lac de Constance. Georg travaille ensuite dans une fabrique d'horloges. Ce qui lui servira beaucoup pour « son acte ».

Puis, pendant six mois, Georg gagne sa vie en Suisse dans la menuiserie de la famille Schönholzer à Bottighofen. Il a alors un laissez-passer frontalier. Avec son bon coup de pédale, cela ne lui prend que trente minutes de vélo, tôt le matin, pour se rendre à son travail. Il est bien payé. Et, surtout, il se sent libre, bien plus qu'en Allemagne. Il se dit qu'il aimerait bien vivre ici. L'été, il n'hésite pas à déserter son atelier l'après-midi sans autorisation pour aller nager dans les eaux fraîches et limpides du lac de Constance. Comme il travaille dur, bien et tard le soir pour compenser ses absences, son employeur ne dit rien. Il trouve son ouvrier étrange, si indépendant, si consciencieux.

À Constance, Georg fréquente des menuisiers. Ils sont plutôt « à gauche » comme lui. Il n'a cependant jamais été un « rouge ». Il vote communiste, mais par réflexe naturel. Parce que c'est un parti fait par les travailleurs pour les travailleurs. Et qu'il est un travailleur. À Constance, Fiebig, un camarade de son syndicat, le traîne, par trois fois, en 1928, à des réunions du Roter Frontkämpferbund, « l'Union des combattants du Front rouge », une organisation paramilitaire communiste. L'ambiance ne lui plaît pas. La seule chose qu'il en garde, c'est un badge qu'il porte parfois à la boutonnière, en souvenir.

Avec les « rouges », Georg n'a jamais distribué de tract, ni collé une affiche, ni participé à une manifestation. Il ne sait pas ce qui se passe en Union soviétique. Il ignore même ce qu'est un soviet ou la dictature du prolétariat. Il n'a pas entendu parler de la révolution de 1917. Ce qui l'intéresse, ce n'est pas l'idéologie ni la haute politique. Ce sont des choses plus terre à terre, ce qui préoccupe l'Allemand ordinaire : les salaires, les logements, les revendications et les droits des ouvriers. Il refuse d'adhérer à un parti et n'aime pas être embrigadé. Il est imperméable aux tentatives de séduction comme d'intimidation. C'est un homme libre, un esprit libre. C'est un « inéducable ».

Indifférent à la politique, à l'actualité, il est surtout réfractaire à toute forme d'autoritarisme.

Au bord du lac, le jeune homme mène une vie légère et libérée. Loin des ragots de Königsbronn, loin de l'étroite surveillance de sa mère, il s'intéresse aux filles. À Constance, ce fut sa première fois. C'était une histoire « comme ça ». Mais une histoire qui a eu « des suites ». Elle s'appelait Mathilde Niedermann. Elle habitait dans sa rue, elle était serveuse, elle était élégante. Elle avait 18 ans et lui 26. Mathilde, et surtout Georg, ne voulaient pas d'enfants. Lors de cette époque incertaine en Allemagne, beaucoup de femmes se faisaient même stériliser par peur de l'avenir. Le couple s'est rendu, à ses frais, en Suisse voisine pour « faire passer l'ange ». Il était trop tard. Le délai légal de trois mois pour avorter était dépassé. Contrairement à ce que prétendait Mathilde, elle n'en était pas à son deuxième mois, mais au quatrième. C'est sans doute ce mensonge qui a détruit leur fragile couple. Le garçon est né le 13 septembre 1930. Georg a appelé son fils Manfred, comme la symphonie de Tchaïkovski. Il aime tant la musique. Les six premiers mois, Georg a souvent vu le bébé. Puis ils se sont séparés et Mathilde s'est mariée. Il ne les a plus jamais revus. Il n'oublie pas son fils. Un jour, il se le jure, il prendra Manfred avec lui.

Aujourd'hui, Georg se demande si cela serait bien de vivre avec son fils. Les enfants sont devenus incompréhensibles. Ils sont presque des étrangers dans leurs familles. Depuis qu'en décembre 1936 les Jeunesses hitlériennes sont devenues obligatoires, les parents ne sont plus maîtres d'eux. Fanatisés par des cours d'idéologie et de « raciologie », entrecoupés d'exercices de tir, les gamins sont militarisés. Ils sont aussi enrôlés comme informateurs des nazis.

Le pire, c'est que les jeunes sont drogués à une camaraderie fabriquée. Ils sont enivrés à la loi du « tous pour un ». Les nazis utilisent cette fraternité pour les désindividualiser, les décérébrer, les déshumaniser. Georg s'imagine son fils fier de son uniforme à l'allure militaire des Hitlerjugend. Il le voit montrant son couteau d'acier gravé d'une croix gammée. Avant d'aller le dénoncer comme « réfractaire » ou « défaitiste ». Il se sent traqué jusque dans le moindre recoin de sa vie privée. D'autant plus que celle-ci est assez agitée, pas très conventionnelle.

Chapitre 5

Retour à Königsbronn

Georg est devenu l'amant d'une femme mariée à Königsbronn. À la demande de sa mère en détresse, il a quitté Constance en 1932 pour retourner vivre chez ses parents en pays souabe. C'est alors qu'il rencontre Elsa Härlen. Il a 29 ans. Elle est de huit ans sa cadette. « Else » vit le martyre avec son mari. Hermann Härlen est un homme violent, paresseux, un alcoolique qui boit l'argent du ménage et tabasse sa femme régulièrement. Vêtu de ses fameux knickers, Georg rencontre la jeune femme en 1933 dans le club de randonnée de Königsbronn. C'est sa première liaison sérieuse depuis sa désastreuse relation avec Mathilde à Constance. À Königsbronn, Georg se sent seul, Elsa aussi. Ils se promènent souvent ensemble entre les pins sombres et odorants. Ils marchent à travers les prairies, les forêts profondes, jusqu'à la vallée sèche et escarpée de Wental.

C'est un vallon sauvage et romantique, avec ses imposantes et étranges roches calcaires posées au milieu des landes de genièvre et d'herbes sèches. Sous le ciel bleu et la mousse tendre des clairières, ils s'étendent côte à côte sans parler, sans se toucher. Ils s'écoutent respirer avec une attirance irrésistible. Georg sent que l'air est plus lumineux quand il est avec elle. Elle est aussi séduite par cet homme, ce vrai gentleman aussi doux et prévenant que son mari est brutal et insensible. Alors, même si Elsa Härlen est mariée, Georg devient son amant. Elle sera l'amour de sa courte vie.

Quand les parents de Georg doivent vendre la ferme familiale en 1936, Georg se jette dans la gueule du loup. Il va habiter à Königsbronn chez son amante Elsa et son mari, Hermann Härlen. Il installe son atelier dans la cave de la maison. Il fabrique pour Elsa des armoires de cuisine, des chaises et même une maison de poupée. Elle lui prépare les pâtisseries dont il raffole. La mère de Georg n'avait même pas assez d'argent pour acheter du sucre. Après quelques mois, le mari d'Elsa découvre tout. Ça se passe très mal pour Elsa et pour Georg. Au printemps 1937, Georg est expulsé. Et Elsa quitte son mari, elle divorce même. Georg doit retourner vivre chez ses parents. Ils ont acheté, au 4 Wiesenstrasse, à Königsbronn, la moitié d'une maison jumelée, bien plus petite que leur ferme. Le fils hérite d'une petite chambre mansardée.

Sous les toits, tous les soirs avant de s'endormir, il prie. Il récite le « Notre Père ». Mais c'est son « Notre Père » à lui. C'est une prière très personnelle dont il choisit les mots. Il n'aime pas les discours tout faits, même pour Dieu. Surtout pour Dieu. Comme presque tous les villageois de Königsbronn, Georg est protestant et va régulièrement au temple. Il a des idées « sociales », pas communistes. Et comme sa mère, il est un croyant résolu, un pratiquant assidu. Depuis son enfance, il va au temple de Königsbronn avec ses parents. Lorsqu'il sortait avec Hilda, une couturière de Constance, il allait même souvent avec elle à la messe de l'Église catholique. Car, pour lui une Église, qu'elle soit protestante ou catholique, c'est la même chose. Il n'y a qu'un Dieu. Elser le Protestant s'entend bien avec les papistes. À Meersburg, sur les rives du lac de Constance, Georg, réformé progressiste, a même vécu plusieurs mois en pension et en toute amitié, chez les Dreher, une famille très catholique, conservatrice et monarchiste qui plus est.

Dès qu'il va décider de passer à l'action, Georg se mettra à prier Dieu de plus en plus souvent. Alors il fréquentera davantage le temple ou l'église. Ce qu'il veut faire dans la brasserie *Bürgerbräukeller*, ce qu'il appelle « son acte », le préoccupe. Ce sera un acte de courage, de révolte, de délivrance. Un acte de grâce. Un geste souverain de liberté, irrémédiable. Alors il prie et il se sent apaisé. Il croit que Dieu l'entend. Il croit au ciel et à l'enfer. Il ne pense pas que commettre « son acte » puisse être un péché. Pas au sens profond, pas au sens de la morale protestante. Il croit que Dieu le laisse agir, qu'il laisse agir les hommes. Dès lors, il pense que malgré son attentat, il montera au ciel. Car il veut faire le Bien. Il sait que son projet peut coûter la vie de beaucoup de gens. Mais jamais il ne doute de la justesse de sa cause. S'il tue, ce sera pour éviter un bain de sang bien plus grand. Son raisonnement est simple et pragmatique : Hitler, c'est la guerre. S'il l'élimine, ce sera la paix.

À Heidenheim an der Brenz, à dix kilomètres au sud de Königsbronn, la ségrégation des Juifs commence. Les autorités de la ville ont interdit toute transaction avec eux. Puis les bains publics leur ont également été fermés. En 1938, le maire a déclaré que « la vie des affaires de Heidenheim serait bientôt libérée de tout Juif ». La dernière entreprise juive a dû mettre la clef sous la porte le 31 décembre 1938. Lors du pogrom de la Nuit de cristal, les Juifs de la petite ville souabe sont agressés, les vitres de leurs magasins brisées. Sur les 30 Juifs de Heidenheim, 20 vont réussir à émigrer. Dix seront déportés, un seul survivra.

Presque entièrement protestante, Königsbronn ne comptait en 1900 que 80 Juifs sur quelque 1 500 habitants. Enraciné dans sa terre souabe et dans sa foi, doté d'un sens aigu de la justice et de la souffrance humaine, Georg ne comprend vraiment pas pourquoi les nazis veulent persécuter les Juifs. Il n'en connaît pas beaucoup. Mais il sait que personne n'a de problèmes avec eux. Il trouve que les Juifs ressemblent à des hommes comme lui et non à des « sous-hommes ». Il ne voit pas ce qu'ils ont de différent de lui, de « diabolique ». Ils n'ont pas de nez crochus, pas de grandes oreilles, ni de mains griffues comme dans les dessins des journaux nazis. Il ne comprend pas quelle menace ils peuvent bien représenter. Il ne comprend pas pourquoi les martyriser est devenu une obsession nationale et légale, pourquoi on les prive de leur travail, de leurs biens, de leur nationalité, quand on ne les enferme pas, quand on ne les bat ou ne les tue pas. La théorie nazie de l'inégalité des races lui semble contraire aux Commandements de Dieu. À son ami d'enfance, Eugen Rau, Georg, en colère, a demandé un jour : « Pourquoi agissez-vous comme cela avec les Juifs ? Pourquoi les brisez-vous ? »

Beaucoup d'innocents disparaissent dans les KZ, les *Konzentrationslager*. Georg s'en est aperçu. Ces « camps de concentration » pullulent. Lorsque quelqu'un est arrêté, envoyé en camp, tout le monde a peur. Tout le monde se tait. De crainte de tout perdre : son travail, sa famille, voire d'être arrêté à son tour. Georg sait très bien ce qui se passe dans les stalags nazis. Son ami Josef Schurr, qui dirige le parti communiste à Schnaitheim, à six kilomètres de Königsbronn, lui a tout raconté : « cure d'amaigrissement », cure d'obscurité dans des cachots humides, tortures à l'électricité. Victime de la vague de répression draconienne qui a touché les militants des partis de gauche dès l'arrivée d'Hitler au pouvoir, Schurr a passé cinq mois en 1933 dans le KZ de Heuberg, dans l'arrondissement Sigmaringen du Bade-Wurtemberg.

Des personnes célèbres, dénoncées dans les journaux comme « traîtres au peuple », ont été déchues de leur nationalité, bannies. Certaines se « volatilisent ». D'autres « ont mis fin à leurs jours ». Ou bien « ont été abattues en tentant de s'enfuir ». C'est du moins la version officielle. Que personne ne croit. Surtout pas les nazis eux-mêmes. Ces barbares impitoyables et fanfaronnant se promènent armés. Ils abattent « par représailles », imaginaires, des hommes sans défense. Cela donne des haut-le-cœur à Georg. Lui n'a jamais blessé personne, pas même en paroles. Autour de lui, on dit ne rien savoir. De nombreux journaux et magazines ont disparu des kiosques. Mais Georg sait bien qu'on ne veut rien savoir. Chacun cache sa frustration, oublie son impuissance, masque sa peur. Chacun piétine sa fierté. Le prix de l'orgueil est devenu trop cher. Pendant longtemps, l'ouvrier observe ce naufrage en silence. Il tente de se concentrer sur son métier d'ébéniste.

Georg s'en aperçoit vite : l'humeur belliqueuse à la prussienne, l'esprit guerrier germanique, la « mise au pas » sous la férule nazie, tournent au cauchemar et au massacre. Pour lui, tous ces meurtres n'ont aucun sens. Toutes les règles du Bien et du Mal sont bouleversées. Le pays est occupé par un nazisme dont les gaz toxiques pénètrent par tous les pores. Peu à peu, Königsbronn s'est enfoncé dans l'hitlérisme. Dès 1932, le parti national-socialiste y arrive en première place, avec 38 % des suffrages. Mais sociaux-démocrates et communistes réunissent, à eux deux, plus de voix. Dans la vallée ouvrière de la Haute Brenz, on vote souvent plus pour les communistes que pour les nazis. Dans les villages voisins de Königsbronn, à Itzelberg comme à Schnaitheim, le KPD, le parti communiste allemand, a même obtenu la majorité des voix en 1932 lors des dernières élections libres. À Schnaitheim, où Josef Schurr, l'ami menuisier de Georg, dirige le parti communiste, les nazis sont même loin derrière, en quatrième position. Georg a rencontré Josef Schurr à Königsbronn lors d'une réunion du syndicat des menuisiers. À Heidenheim, les communistes font un meilleur score que dans le reste du pays. Mais le NSDAP aussi.

Dans une tension permanente nourrie de harcèlements, d'intimidations, la méfiance s'est immiscée entre les gens. Toutes les conversations sont empreintes de suspicion. Quand quelqu'un exprime une opinion, Georg a l'impression qu'il récite une leçon apprise par cœur. Tout le monde a peur, ne serait-ce que de prononcer le nom de la police secrète. Il n'existe plus qu'une loyauté, la loyauté au parti nazi. Cela signifie que l'on ne peut plus faire confiance à personne. Que tout le monde se méfie de tout le monde. Chacun s'observe et se surveille. Partout la défiance, partout les dénonciations. Georg ne se confie à personne. L'air pue la délation et la trahison. C'est une peur contagieuse qui tétanise et s'insinue comme une brume toxique entre les hommes. Elle dégrade et paralyse les relations humaines. Les miasmes du soupçon imprègnent cette atmosphère étouffante. Pendant longtemps, dans ce climat délétère, Georg s'est demandé : que faire ?

Il veut rester debout. Le fier ébéniste veut conserver son honneur, sa dignité et son amour-propre. Il a le droit de n'être pas d'accord. Il refuse obstinément de donner de l'argent aux SA. Avec leurs boîtes rouges, les hommes de la section d'assaut nazie collectent pour leurs uniformes ou pour le *Winterhilfe*, « l'aide hivernale », pour les pauvres et les chômeurs. Quand ces nazis sonnent à la porte pour une quête, Georg leur dit : « Je regrette. » Et leur claque la porte au nez. Et tant pis s'il se fait repérer. Il hait les SA, ces ratés en uniformes bruns, rudes et insensibles. Auréolés d'un brouillard rougeâtre de sang, ils se sont frayé un chemin à coups de poing, de nerfs de bœufs et de grossièretés. Contrairement à ces brutes incultes, à ces braillards hargneux aux pulsions sadiques, à ces gueulards de brasserie à la virilité belliqueuse, au cou plus large que le front, il n'aime pas la bagarre, la violence et les beuveries. De tempérament doux et sobre, il déteste leur « éthique de boxeur », leurs mœurs de gangsters. Georg est l'antithèse des machos militaristes qui tiennent le haut du pavé dans l'Allemagne nazie.

Le jeune homme ne se souvient plus quand il a commencé à détester les nazis, ni à quel moment précis il s'est décidé à tuer Hitler. Enfin, pas seulement lui, mais aussi toute sa clique, tous les hauts dignitaires nazis qui se tiendront ce jour-là à ses côtés dans la grande salle de la brasserie. Très tôt sans doute. En réalité, il n'a jamais aimé ces bruns teintés dans la masse. Ils se sentent importants, se prennent pour les maîtres du monde. Téméraire, l'ébéniste ne veut pas se laisser assujettir. Il refuse de céder devant la bestialité institutionnalisée des vainqueurs, de se laisser piétiner par la terreur et la bêtise. Il ne supporte pas ces gens qui, à tout bout de champ, crient : « *Heil Hitler !* » Comme si c'était devenu la réponse à toutes les questions. Comme si tendre le bras comme des pantins mécaniques allait résoudre tous les problèmes. D'ailleurs il continue de dire exclusivement « *Grüß Gott* ». C'est plus simple, simple comme un « bonjour ». Il ne confie son antinazisme à personne, à part son ami Josef Schurr. Les deux hommes sont vite tombés d'accord : « Qu'Hitler meure, d'une mort horrible. Et vite ! » Georg n'a parlé à personne d'autre de ses opinions. Certains se sont aperçus, à ses gestes, à ses expressions, à ses attitudes, de son antinazisme virulent.

Georg l'individualiste reste totalement insensible au matraquage de la propagande nazie. Elle brouille les idées des masses, elle lave les cerveaux, bourre les crânes. Il ne lit tout simplement pas les journaux. Il ne s'intéresse qu'aux revues de menuiserie. Il n'a pas besoin de s'informer beaucoup afin de comprendre ce qui va se passer si personne n'arrête Hitler. Et il le sait, nul ne le fera. Bon gré, mal gré, l'immense majorité, silencieuse, lâche, grisâtre, déprimante, dit toujours « Oui ». Georg se sent entouré de *Mitlaüfer*, de « ceux qui suivent le courant ». Des « suiveurs » qui accumulent compromissions, petits aveuglements, petites lâchetés, jalousies, frustrations, rancœurs sordides, délations et opportunismes. Des « compagnons de route » du nazisme qui se résignent à tout. Qui ferment les yeux sur tout, qui se font complices de tout. Et qui rendent possible le pire.

Chapitre 6
Un village allemand

Georg est allergique à la voix grinçante d'Hitler. Il ne supporte pas ses discours diffusés à la radio dans tous les lieux publics. Dès que le Führer commence à parler, il quitte la pièce. Même s'il est à la taverne *Hecht* de Königsbronn. Il est aussi l'un des rares à refuser d'aller voter aux élections truquées du Troisième Reich. Il considère ce scrutin comme une farce. On ne peut y élire que le parti nazi, parti unique. Elsa, son amante, le supplie. Il doit participer aux élections sinon il va se faire remarquer. Rien n'y fait. Georg a l'âme intrépide. Jamais non plus il ne s'incline devant le drapeau à swastika. Aucune loi ne l'y oblige. Avec entêtement, il refuse aussi de faire le salut hitlérien maintenant exigé de tous, même lors des rencontres les plus banales. Georg sait qu'il risque d'être arrêté, roué de coups dans une cave par des SA qui se sont instaurées en « police auxiliaire » nazie.

En 1938, lors d'une parade du 1er mai de chemises brunes portant le *Blutfahne* à Königsbronn, Georg est le seul à ne pas tendre le bras, à ne pas hurler : « *Heil Hitler !* » Au milieu du ramdam saccadé des roulements de tambours et des sonneries de clairons, un de ses collègues l'interpelle. Il le met en garde. Georg lui répond : « Va te faire foutre ! » Et il s'en va en sifflotant. Voici sa philosophie politique, voilà son idéologie : « Que les nazis aillent se faire foutre ! » À Königsbronn, aucun des habitants ne l'a dénoncé. C'est un garçon du pays, doux et travailleur. Tout le monde le connaît, tout le monde l'aime. Et ici, on règle ses affaires en famille.

À Königsbronn, le parti national-socialiste s'est appuyé sur Georg Vollmer, le propriétaire de la carrière. Nazi de la première heure, il est au parti depuis 1931. Pilier hitlérien de la ville, Vollmer se comporte plus comme un patriarche que comme un petit dictateur. Il ne veut pas d'affrontements, pas de divisions dans « sa communauté ». Depuis qu'Hitler a pris le pouvoir en 1933, il s'est éloigné du parti. En 1936, il perd même son poste d'*Ortsgruppenleiter*, de responsable nazi local. Vollmer a remarqué que Georg Elser n'apprécie pas du tout le folklore nazi. Il a vu l'ébéniste rebelle opérer un demi-tour devant une parade du parti. Il n'a rien dit. En avril 1939, il va même l'embaucher dans sa carrière.

Georg n'est pas un opposant politique. Il n'est ni communiste, ni juif, ni tzigane, ce n'est pas non plus un « inverti », ni un malade mental, ni un « asocial ». La Gestapo n'a aucun dossier sur lui. Il n'est pas sur la liste des personnes à éliminer. Au contraire, c'est un bon « aryen », de « sang pur », de « sang noble ». Il fait partie de la *Volksgemeinschaft*, la communauté nationale. Georg a des idées socialistes, mais plutôt libérales. Il n'aime pas du tout la façon dont les ouvriers sont traités dans la « Grande Allemagne ». La propagande matraque que le pays est devenu le paradis des travailleurs. Pour lui, le Troisième Reich ressemble plus à l'enfer.

Dès que les nazis prennent le pouvoir à Berlin en 1933, Königsbronn est écrasé sous une chape de plomb. Les foires locales sont supplantées par les fêtes nazies. Rallyes, commémorations, parades, marches, meetings se succèdent sous la férule du parti hitlérien. Georg n'est pas, comme le « peuple du Führer », abasourdi par toutes ces fanfares dans les rues, par ces aboiements dans les haut-parleurs, par ces discours enflammés. Tous les 30 janvier, pour l'anniversaire de la prise du pouvoir d'Hitler, le village doit se couvrir de drapeaux rouge et noir à croix gammées. Le 20 avril, pour l'anniversaire d'Hitler, toutes les maisons doivent aussi être décorées d'étendards à croix gammées. Malheur au contrevenant. Dès février 1933, toutes les libertés civiques et politiques ont été suspendues par décret. C'est un régime de fer, un univers violent, sombre et sans pitié.

Königsbronn est devenu un « village allemand ». Le NSDAP contrôle tout. Toutes les associations, du groupe de danse privée au club de gym, en passant par celui de randonnée où Georg a rencontré Elsa. Ce club dépend maintenant de l'organisation de loisirs des nazis Kraft durch Freude, « la Force par la joie ». L'ouvrier se sent agressé par cet État totalitaire, par ses exigences, ses menaces dans les sphères les plus intimes. À Königsbronn, les jeunesses hitlériennes se sont installées dans la *Pfisterei*, l'ancienne boulangerie. Pour détourner les jeunes de l'Église, les séances ont lieu le mercredi, jour des cours de confirmation. Elles se tiennent aussi le dimanche afin de perturber le service religieux.

Imperturbable, Maria, la pieuse mère de Georg, continue de se rendre au temple de Königsbronn. Tant pis si dans l'Empire nazi, il est mal vu d'être catalogué comme croyant. Depuis qu'Hitler est au pouvoir, le jeune homme trouve que les gens ne sont plus libres de rien. Ils ne peuvent pas avoir leurs pensées, leurs opinions, ni même avoir leurs croyances religieuses. Tout le monde doit rejoindre les Deutsche Christen, les « Chrétiens allemands ». Ils se sont emparés du pouvoir dans l'Église protestante du Reich. Avec leur slogan « La Swastika sur notre poitrine, la Croix dans nos cœurs », ce sont des antisémites, des racistes. Ils veulent « un christianisme germanique », « une foi conforme à la race ».

Martin Kadelbach, le pasteur de Königsbronn, tente de résister. En 1934, il a même écrit à Hitler pour dénoncer ces « Chrétiens allemands » au service des nazis. Dans sa lettre au Führer, il a critiqué la persécution des vrais chrétiens. Sa missive est restée sans réponse. Le pasteur Kadelbach a aussi soutenu publiquement l'évêque protestant de Stuttgart, Theophil Wurm. Ce prélat a été assigné à résidence en 1934 pour son engagement envers « l'Église confessante » opposée au nazisme. Kadelbach est menacé. On réécrit ses sermons. Il est envoyé à la guerre, où il disparaît.

C'est la *Gleichschaltung*, la « mise au pas ». On se fait à tout, paraît-il. Mais à « ça », à « eux », Georg ne s'habitue pas. Il est révolté par toutes ces injustices criantes, déchirantes. Il ne supporte pas ces oppressions sanglantes des soi-disant « défenseurs du Volk » à la hideur bestiale. La terreur généralisée est devenue un mode de vie, une philosophie politique. Viciée par la haine et la peur, l'atmosphère est oppressante. Georg suffoque. Lourd comme du plomb, l'air devient toxique et étouffant. Il est choqué par ce nationalisme délirant. Ce prétendu « essor inouï de l'Allemagne » lui semble surtout être une course vers l'abîme. Moralement révulsé par cette soif de mort et de sang, Georg aime toujours son pays mais il sent que s'il ne fait rien, il va le perdre. En surface, l'ébéniste ouvrier modèle reste calme, imperturbable et souriant. À l'intérieur, il bout.

Partout, dans le train, à l'usine, à la taverne, Georg sent une hostilité muette de beaucoup d'ouvriers face au pouvoir nazi. Comme lui, certains sont en colère. Très souvent, le mécontentement reste souterrain. Quand la rage l'emporte, ceux qui se rebellent se retrouvent vite devant un *Sondergericht*, une « Cour spéciale », puis à Dachau. Alors, sous la pression de l'État policier, de la terreur nazie, la morosité, l'apathie et la résignation l'emportent. Dans une humiliation silencieuse, lasse, les ouvriers abattus et lugubres se taisent. Gagnés par le malaise, rongés par l'aigreur, accablés par la peur, plus personne ne parle. Pâles et tremblants, certains chuchotent parfois comme des conspirateurs. Ceux qui osent faire une remarque regardent d'abord autour d'eux. Ils scrutent furtivement à droite à gauche. C'est ce qu'on appelle *der deutsche Blick*, le « coup d'œil allemand ». Toute indiscrétion peut être le prétexte à une arrestation pour « trahison ». La surveillance est constante, les mouchards et la Gestapo partout. L'intimidation est massive, la répression féroce.

Seule la musique permet à Georg de s'évader. Elle l'aide à oublier les tensions familiales et le délire glacé du nazisme. Il s'y est mis très jeune. C'est sa passion. L'Allemagne sombre dans la folie collective du sport, s'adonne à un culte du corps censé démontrer la supériorité de la « race aryenne ». Georg joue de la cithare. Il aime le son doux et subtil de l'instrument. Il donne de petits concerts, il accompagne les cours de danse. Il adore la musique. Mais pas les fanfares et les marches militaires des nazis. Sa mélodie favorite est une vieille chanson viennoise : « Dans mon cœur, je porte un peu de la vieille Vienne, un peu de bonheur de ces jours passés. » Eugen Rau, son ami d'enfance, a un gramophone. Il lui a appris à danser, notamment le tango. Mais ce que Georg préfère, c'est pratiquer. Il y passe son temps libre. Écolier, il jouait de la flûte, de l'accordéon, puis aussi de la contrebasse, toujours à l'oreille.

Quand il vivait à Constance, Georg avait acheté pour 20 marks une cithare de concert à un menuisier. Il s'était même offert des cours particuliers. Ses finances étranglées par le chômage, il avait dû les arrêter. Il avait alors rejoint le groupe folklorique « Oberrheintaler ». Tous les samedis soir, cet ensemble donnait une répétition de musique et de danse à l'auberge *Zum Kratzer*, dans la vieille ville de Constance, près du marché aux poissons. C'est là qu'il avait rencontré la mère de son fils, Mathilde Niedermann. De retour à Königsbronn, Georg adhère à un club de cithare. Ses membres se réunissent tous les vendredis ou samedis à l'auberge *Hecht* du village. Le groupe donne lui aussi souvent des concerts ou des soirées dansantes. Parfois, Georg embrasse une fille sur le chemin. Mais il ne va pas au groupe folklorique pour la bagatelle. Avant sa relation avec Elsa Härlen, Georg a eu plusieurs aventures. Elles furent agréables, mais sans passion. Il a du succès avec les femmes. Ce n'est ni un macho ni un fort en gueule. Dans la région, les envieux et les jaloux exagèrent. Ils lui ont fait la réputation d'un « Casanova de l'Ostalb », de tombeur de l'est du Jura. Georg a de moins en moins d'aventures. Il est préoccupé.

Chapitre 7

Un si honnête manutentionnaire

Doucement, mais sûrement, le père de Georg et son alcoolisme ruinent la famille Elser. Il boit de plus en plus. Pour qu'il sauve le ménage, sa mère a appelé son fils à l'aide. Alors il est rentré à regret de Constance. Mais il n'arrive pas à raisonner son père. La famille continue de s'enfoncer. Ses parents vont se séparer. Jusqu'à fin 1936, Georg a travaillé pour eux. Il fabriquait en même temps des meubles et des horloges pour s'assurer un revenu supplémentaire. En décembre 1936, il trouve un emploi de manœuvre à l'Armaturenfabrik de la société Waldenmaier à Heidenheim, près de Königsbronn. Contre toute évidence, il a toujours prétendu s'être fait embaucher dans cette fabrique d'armes « par hasard ». Coïncidence ? Son ami menuisier et communiste, Josef Schurr, y est aussi salarié comme ouvrier, après son séjour en camp de concentration.

De Königsbronn, Georg se rend à cette usine de Heidenheim à vélo. Il est fier de son deux-roues flambant neuf. Il l'a acheté pour 140 Reich Marks à Constance avec ses économies. Quand le temps est trop mauvais, il voyage en train. Le site Waldenmaier à Heidenheim est un fournisseur officiel d'obus pour la Wehrmacht. Beaucoup de nazis y travaillent. Georg officie d'abord au service des livraisons. Il reçoit des pièces d'allumage, des détonateurs et vérifie les colis. Il transporte des caisses et des barils de poudre. L'Armaturenfabrik est en pleine expansion. Un « département spécial », secret, fabrique des amorces de projectile avec de la poudre pressée. Georg s'y intéresse de près, mais discrètement. Au milieu du millier d'employés, il passe inaperçu. L'air inoffensif, il est libre de circuler par sa fonction. Parmi les salariés, il se fait une amie, la jeune et jolie Maria Schmauder. Il se promène. Il pose innocemment des questions, s'instruit beaucoup sur les explosifs. Il apprend même à assembler un détonateur.

Sans se faire repérer grâce à la quasi-absence de contrôle, Georg vole en quelques mois une belle quantité de poudre noire compressée. Pas moins de 250 plaquettes de neuf millimètres d'épaisseur et de 19 mm de diamètre. Rapidement, discrètement, avec ses nerfs d'acier, il se sert dans les caisses posées près des presses. Ces disparitions passent inaperçues. L'entreprise est débordée par les commandes. La guerre se prépare. Souvent, il n'y a pas de registre. Ou bien Georg note lui-même dans le cahier qu'il manque un détonateur dont il vient de s'emparer. Un jour cependant, l'usine fait une réclamation auprès d'un fournisseur. Ce dernier répond qu'il est impossible qu'un détonateur disparaisse d'une boîte scellée. Georg ne sera jamais soupçonné. Son visage a quelque chose d'enfantin et de sincère. Il est si authentique, si innocent. Ce simple manutentionnaire paraît si gentil, si honnête et même si insignifiant.

Chez ses parents, Georg cache sa réserve d'explosifs dans sa chambre. Dans le bas de la penderie, la poudre est emballée dans du papier, recouverte de linge. Le jeune homme ferme toujours sa chambre à clef. Il est plus que jamais déterminé à agir. En mars 1939, les troupes d'Hitler ont occupé la Tchécoslovaquie, en violation flagrante des accords de Munich. Le désastre que Georg pressentait approche à grands pas. Les officiers de la Wehrmacht qui complotaient contre Hitler sont anesthésiés par chacune de ses victoires. Ils attendront après la défaite de Stalingrad de février 1943 pour commettre en juillet un attentat à la bombe contre le Führer dans la Wolfsschanze, la « Tanière du Loup », le QG d'Hitler en Prusse-Orientale. Loin de dissuader Georg, les succès du dictateur renforcent sa conviction qu'Hitler va provoquer un conflit catastrophique pour l'Allemagne et pour le monde. À l'Armaturenfabrik, il voit dans l'important accroissement de la production d'armes le signe évident que le Führer, malgré ses éternels discours pacifistes anesthésiants, prépare activement la guerre.

Georg a une profonde aversion pour le prétendu « Parti national-socialiste des travailleurs allemands ». Un mouvement qui va toujours de l'avant. Sans doute vers l'abîme, se dit-il. La prétendue « renaissance allemande » a des allures de crépuscule. Pour Georg, le NSDAP n'est ni le parti des travailleurs, ni un parti socialiste. Mais le parti des exploiteurs. Certes, il ne connaît rien à l'idéologie nazie. Ce qu'il sait, c'est que non seulement il n'est plus libre, mais qu'il gagne moins depuis qu'Hitler est au pouvoir. En 1929, Georg se souvient qu'il avait un deutsche mark de l'heure. C'était le minimum syndical. Aujourd'hui, en 1939, il ne touche plus que 68 pfennigs. Comme beaucoup d'ouvriers, il se sent exploité, asservi. Contrairement à ce qu'assène la propagande, leurs conditions de vie ne se sont pas améliorées. Elles se sont même dégradées après la fameuse « révolution nationale ». Les salaires ne cessent de baisser, les prélèvements d'augmenter.

Depuis toujours, Georg est membre du syndicat des menuisiers, qui est plutôt à gauche. Mais les syndicats, les grèves, tout comme les partis politiques, ont été interdits sous Hitler. Les organisations ont été remplacées par le Deutsche Arbeitsfront, le « Front du travail ». Très centralisée, cette structure n'est en réalité qu'une branche du parti nazi. Elle organise même les congés ouvriers avec son mouvement Kraft durch Freude, « la Force par la joie ». Certains insolents l'appellent à voix basse « la Force par la peur ». Toute la vie quotidienne est nazifiée. Le parti régit tout. Il est partout. Les patrons sont devenus tout-puissants. Dans les entreprises, c'est aussi le *Führerprinzip*. Georg n'a plus le droit de changer de travail librement. Pour avoir un emploi, il faut maintenant présenter son *Arbeitsbuch*, un livret de travail obligatoire sous contrôle des entreprises. Lui qui aime évoluer et se déplacer quand ça lui chante ne se sent plus libre. À quoi bon ces discours exaltés des nazis sur la Patrie si l'on n'est plus maître de sa vie, mais écrasé sous une chape de plomb ?

Avec le drame du chômage de masse de l'après-guerre, beaucoup se réjouissent d'avoir tout simplement un travail. Hitler n'en finit pas de vanter ce « miracle économique » allemand. Georg trouve qu'il a un coût considérable. Les journées de travail sont interminables et les vacances sont courtes. Dans le fond, l'ébéniste se moque bien de gagner moins d'argent sous le nazisme. De toute façon, tout ce qui dépasse 24 Reich Marks par semaine est automatiquement retiré de son salaire. Un tribunal de Constance l'a condamné à payer 45 Reich Marks par mois à Mathilde Niedermann pour la pension alimentaire de son fils, Manfred. Il n'a jamais pu régler toute cette somme. Il a donc une dette importante. Il préfère ne pas en connaître le montant.

Face au Mal, à l'irrépressible volonté de toute-puissance de quelques-uns, allié à l'extravagant conformisme des masses, Georg n'en fait qu'à sa tête. Il a une certaine philosophie de la vie, faite de justice et de liberté. Il n'est pas intéressé par l'argent. Il ignore même que des organisations juives ont promis une récompense pour tout auteur d'attentat contre Hitler. C'est la Gestapo qui le lui apprendra. Idéaliste, mais pas naïf, avec ses convictions profondes imprégnées de christianisme et d'humanisme, Georg doit prendre une décision très pragmatique. Il ne voit aucune autre solution, aucun avenir, aucune perspective, ni pour lui ni pour l'Allemagne. Il n'aperçoit que des nuages noirs. Quelque chose de terrible est dans l'air, il le sent. Tout le monde pense qu'il n'y a rien à faire contre « les nouvelles forces ». Georg a son idée. À 36 ans, il se dit qu'il n'a pas le temps d'attendre la fin du Troisième Reich de « mille ans ». Même s'il se doute que celui-ci ne durera pas si longtemps.

Chapitre 8

Socialiste, mais libertaire

Georg bascule. Juste après les accords de Munich du 30 septembre 1938, un an avant de se mettre « au travail » dans la brasserie, il voit avec effarement que l'Europe et le monde ne prennent pas Hitler au sérieux. Il comprend qu'ils sont en train de faire la même tragique erreur que beaucoup d'Allemands avant eux. Et que, bientôt, il sera trop tard. Georg se décide à frapper vite. Après l'Anschluss, l'annexion de l'Autriche en mars 1938 par Hitler, après les accords de Munich en septembre, une guerre, une nouvelle grande guerre, lui paraît plus que probable, inévitable. Elle l'obsède même. Il se dit que s'il ne fait rien, ça ne peut que très « mal finir ». Il sent clairement que le système très élaboré de terreur sourde qui gouverne le pays conduit inéluctablement les masses dociles et aveugles vers un nouveau carnage. Il est prêt à tout pour l'éviter. La guerre n'est pas pour lui ce jeu excitant dans lequel s'affrontent les nations comme on l'apprend à l'école.

La guerre, il s'en souvient encore. Il avait 11 ans en 1914 quand la Grande Guerre a éclaté. Il se rappelle encore les privations, le froid, la faim animale qui tenaillait son ventre. Il se souvient des redoutables hivers « choux-navets », de la soupe claire comme de l'eau. Une bonne partie de la récolte de la ferme était réquisitionnée. Son père avait été mobilisé avec ses chevaux et sa charrette pour travailler aux fortifications dans la région d'Ulm. L'hiver 1916, la crise d'approvisionnement a atteint son paroxysme. Les navets servaient de substitut à tout, même aux pommes de terre et au pain. Il y avait des « côtelettes de navet », des « boulettes de navet », et même du pudding fait à partir de navets. On mourait de faim et de malnutrition. Pour Georg, la guerre est un cauchemar, l'abattoir des ouvriers. Il sait qu'elle n'est jamais joyeuse, qu'elle n'apportera que la pauvreté et la crasse, la mort ou l'impotence, le travail qui épuise, les maladies qui tuent. Il ne veut plus la voir.

Georg n'est pas du tout enthousiasmé par le renouveau d'un nationalisme germanique expansionniste qui enfièvre beaucoup d'Allemands. Quel est l'intérêt d'occuper des pays étrangers ? Il n'a jamais cru à la fable de « l'encerclement de l'Allemagne ». C'est une histoire pour justifier les conquêtes, s'assurer d'un prétendu « espace vital ». Il ne voit que les risques des campagnes militaires, la tragédie de la guerre. Comme toujours, il a pris du temps pour se forger une opinion. Mais c'est maintenant une opinion bien ancrée. Après des heures à analyser en solitaire la situation, à chercher une solution, il s'est décidé à agir, à éliminer le fauteur de guerre. Cet objectif devient une obsession, son seul but dans la vie. Il prime sur sa vie personnelle, familiale, sentimentale. Et même sur sa vie tout court.

L'ébéniste de Königsbronn est arrivé à une conclusion évidente. Pour éviter une nouvelle boucherie, la seule solution, c'est d'éliminer ce régime va-t-en-guerre. Jamais il ne se demande qui va prendre le pouvoir après. Ça ne pourra pas être pire. Les accords de Munich ont permis d'éviter la guerre de justesse. Mais Georg est convaincu que

Munich rend, au contraire, un conflit majeur inévitable. Hitler est apaisé parce qu'on lui a cédé. Georg pense que ce recul encourage le Führer aux conquêtes. Pourtant, après les accords de Munich, plus personne ne parle de guerre. Georg se demande pourquoi chacun semble attendre avec tant d'inconscience et d'allégresse le massacre qu'il pressent. Contrairement à beaucoup de ses compatriotes, il ne croit pas au succès d'une guerre impérialiste allemande. Ni à une Allemagne militairement supérieure qui améliorerait les conditions de vie des ouvriers. Il voit seulement un retour de la barbarie. Il entrevoit une nouvelle tuerie, un nouveau carnage. Il perçoit l'hécatombe, sent l'odeur de la poudre et du sang. Il entend déjà, dans le fracas du feu et de l'acier, le cri des blessés, le râle des mourants, les pleurs des survivants.

Une raison simple l'a décidé à tuer le dictateur. Personne d'autre ne le fera. Et c'est le seul point avec lequel il est d'accord avec les nazis : Hitler est irremplaçable. Il n'y a qu'un seul Führer. « *Ein Reich, ein Volk, ein Führer.* » Le tuer, c'est déstabiliser tout le régime. Cependant, c'est toute la direction, « les suprêmes », qu'il voudrait éliminer. Il souhaite planter un pieu dans le cœur du vampire nazi. À la brasserie *Bürgerbräukeller*, il pourrait mettre la bombe dans le podium, sous les pieds d'Hitler. Ce serait plus facile. En plaçant son engin explosif dans le pilier, à trois mètres du pupitre, en hauteur, sur la galerie, Georg veut faire s'effondrer les murs et le toit de la brasserie. Et les ensevelir, les écraser, les tuer tous, les Hitler, les Göring, les Goebbels et les autres.

Dès qu'il bascule, Georg réalise qu'il va rapidement devoir fuir après « son acte ». Il lui faut trouver par où s'échapper. À l'automne 1938, il retourne à Constance. Il va reconnaître un passage de la frontière entre l'Allemagne et la Suisse. Il n'y remarque aucun renforcement des mesures de sécurité. Pas plus de surveillance que du temps où il avait travaillé à Bottighofen. Ce n'est qu'une fois en sécurité sur le territoire helvétique que Georg a l'intention de revendiquer son attentat. Pour authentifier son témoignage, il a prévu d'envoyer un croquis détaillé de son ingénieuse et mortelle machine. Il décrira aussi son mode opératoire. Il dira qu'il a agi seul. Il ne veut surtout pas qu'un innocent soit arrêté à sa place. Il veut absolument éviter que ses amis, sa famille ne payent à sa place. Interrogé par la Gestapo, Georg prétendra d'ailleurs qu'il n'a qu'un seul ami depuis l'enfance. Au lieu de donner son nom véritable, de parler d'Eugen Rau, Georg va désigner une vague connaissance partie depuis longtemps en Amérique.

Pour monnayer son asile, pour ne pas être livré à l'Allemagne, Georg compte fournir des informations militaires aux Suisses qui craignent d'être envahis par les nazis. Pour cela, il a volé à l'Armaturenfabrik un registre avec les listes des entreprises qui travaillent pour l'armée allemande. Si jamais il est expulsé quand même, il demandera à être envoyé en France. Il pense, à tort, que les Français n'enferment pas les réfugiés allemands dans des camps. Pas un instant il n'envisage de ne pas réussir à passer en Suisse. Pas un moment il ne se dit qu'il va échouer. Jamais il n'hésite. Certes parfois, il se rend compte que s'il est pris, il sera condamné. Et puis voilà, c'est tout. Il n'y pense pas plus que ça. Il préfère ne pas y penser. Il ne doit pas y penser.

Georg est obligé de déménager au printemps 1939. Il s'est fâché avec ses proches. Ils l'ont spolié de sa part dans la nouvelle et petite maison familiale de Königsbronn, acquise par son père après la catastrophique vente de la ferme. Il a été chassé du petit domicile par Leonhard, son frère cadet. Celui-ci s'est marié, il a besoin d'espace. On lui reproche aussi d'avoir fait venir dans sa chambre son amante, une femme mariée. Sa relation avec Elsa Härlen est non seulement illégitime, mais aussi illégale. Georg ressent une profonde injustice. Il a dépensé tant de temps et d'énergie à aider sa famille. Il est étranglé par les arriérés de la pension alimentaire qu'il doit verser pour son fils Manfred. Pourtant il ne le voit plus jamais. Il n'a plus de logement, plus d'argent, rien que des dettes. Il n'a plus rien à perdre.

Expulsé du logis familial, Georg emménage en mai 1939 chez la famille Schmauder, au 18 Benzstrasse, à Schnaitheim, à six kilomètres de Königsbronn. En échange de petits travaux, les Schmauder l'hébergent, ils le nourrissent, le blanchissent. Le jeune homme s'entend très bien avec la fille Schmauder, Maria, depuis qu'il l'a rencontrée à l'Armaturenfabrik. C'est elle qui lui a proposé de venir loger dans sa famille. Il cache à Maria sa relation avec Elsa Härlen. La jeune Maria, 16 ans, a un faible pour Georg, de 20 ans son aîné. Il est si gentil. Il lui a même fabriqué un coffre. Leur amitié tourne à la relation amoureuse. Ils s'embrassent parfois, sans aller plus loin.

Georg guette les moindres mouvements d'Hitler. Il est convaincu que le Führer ne va pas s'arrêter. Il ne suit pas les faits et gestes du dictateur dans la presse de propagande nazie. Il s'informe avec les radios étrangères. Chez les Schmauder, il écoute, avec la famille, dans la cuisine, Radio-Strasbourg ou un programme suisse, parfois des radios anglaises. Quand les Schmauder se couchent, il écoute Radio Moscou. Dans sa mansarde, chez ses parents,

Georg avait installé un poste à lampes Philips, prêté à l'essai par un magasin. En tournant le bouton de fréquence, il était tombé par hasard sur cette station en langue allemande. De temps en temps, il se rend chez son ami communiste Josef Schurr, au 9 Heckentstrasse à Schnaitheim. Ensemble, ils captent les nouvelles sur ondes courtes. Georg comprend que la situation est grave. Tout le monde se couche, tout le monde se tait devant le Führer et ses assassins assermentés. L'ébéniste, lui, n'est pas terrorisé par la « terreur brune ».

Sensible, Georg a l'âme blessée par ses déboires familiaux. Il se replie sur lui-même. Il ne parle plus à personne, sauf à sa sœur Maria. Il est exaspéré par tous ces abus, tient à rendre la justice. Il ne veut mettre en danger personne d'autre que lui-même. C'est aussi sa fierté de ne compter que sur lui. Il se moque d'être seul. Peu importe d'être seul ou un million, il se battra. Le 8 novembre 1938, un mois après avoir pris sa décision, il quitte Königsbronn pour rejoindre Munich en train. Il part pour un premier repérage. Dès sa première visite de reconnaissance, il est convaincu. C'est à Munich, dans la brasserie *Bürgerbräukeller*, lors de son discours annuel, qu'il faut tuer Hitler.

Georg ne parle jamais politique. Il n'est pas un agitateur. Il n'a pas envie de discuter, de polémiquer. Selon lui, on est d'accord ou pas d'accord. Et il n'est pas d'accord. Les nazis et lui n'ont tout simplement pas la même *Weltanschauung*, la même conception du monde. Il n'est pas comme eux. Il ne pense pas comme eux. Il ne veut pas devenir comme eux. D'ailleurs, il sait très bien que beaucoup, parmi ceux qui se taisent, partagent ses opinions. Ces nazis emmerdent tous ceux qui comme lui ne sont pas d'accord avec eux, pas comme eux. Ils croient qu'ils peuvent tout se permettre. D'ailleurs, ils se permettent tout. Georg refuse obstinément de s'avouer vaincu. Il ne veut pas sombrer dans le désespoir, conclure un pacte avec le diable. Il n'en peut plus de ce cauchemar éveillé, de cette interminable chute dans la boue. La force, c'est tout ce qu'Hitler comprend. Alors il commence à songer à une solution radicale. Il va tout simplement faire sauter cette p... de brasserie, ce dingue et tous ses sbires avec. Ce sera du beau boulot, du solide, du soigné. À l'allemande.

Chapitre 9
Vol d'explosifs

Malgré ses vols à l'Armaturenfabrik, Georg a besoin de plus d'explosifs. En rendant de menus services, il réussit à se faire embaucher, en avril 1939, comme manœuvre dans la carrière de Georg Vollmer. Elle est à Itzelberg, à deux kilomètres de Königsbronn. Il n'est payé que 0,70 mark de l'heure. Son amante Elsa s'étonne. Pourquoi un ébéniste aussi doué que lui accepte-t-il ce travail si peu qualifié, si mal rémunéré ? Georg lui rétorque que c'est temporaire. Il s'agit d'un petit boulot avant de s'installer à Munich. Elsa le questionne souvent, mais il ne lui explique jamais pourquoi il veut absolument aller vivre à Munich. Elle sent qu'il prépare quelque chose sans le lui dire. Quand elle insiste, il se bute, il s'enferme dans son secret.

Georg devient très pensif. Il est encore plus silencieux que d'habitude. Il est absent, perdu dans ses méditations, plus que d'ordinaire. Le taiseux est devenu mutique. Il est absorbé, préoccupé par sa préparation de l'attentat. Tendu, il a des maux de tête. Il s'isole. Il passe alors pour un type solitaire de plus en plus bizarre. Il fait volontairement le vide autour de lui. Il ne veut pas que son projet mette ses proches en danger. Ses relations avec Elsa se dégradent. Elle ne le comprend plus. Qu'a-t-il donc ? À quoi penset-il ? Elle sent que Georg est ailleurs. Il semble la regarder sans la voir. Il n'apprécie plus ses pâtisseries comme avant.

Elsa s'éloigne. Divorcée de son mari, seule, elle déménage chez ses parents à Jebenhausen, à une cinquantaine de kilomètres de Königsbronn. Elle travaille à Esslingen, près de Stuttgart. Georg lui rend visite de temps en temps. Les parents d'Elsa l'aiment bien. Son père insiste même pour lui payer un cours. Il veut qu'il devienne architecte d'intérieur. Georg refuse. Il prétend qu'il ne veut pas qu'on l'aide. Il ne veut pas que l'on décide de son avenir. Il vient parfois voir Elsa, mais ne lui parle plus de se marier avec elle. Peut-être n'a-t-il pas envie d'une femme à la mode nazie « KKK » : *Kinder, Küche, Kirche*, « enfants, église et cuisine » ? À moins que ce soit l'exemple désastreux de ses parents qui l'ait rendu prudent.

Même s'il aime Elsa, Georg ne supporte pas les attaches. Et, surtout, il a autre chose à faire, quelque chose de plus important. Il a une grande œuvre à accomplir, « son acte ». Sa mission l'habite, elle l'obsède, le hante. Début 1939, il rend une dernière visite à son amante. Il lui prend les mains, il l'embrasse et lui dit : « Elsa, attends-moi. Sois-moi fidèle. Je dois faire quelque chose. Je ne peux te dire quoi, mais ça va bien tourner et cela doit être fait. Je veux me marier avec toi quand tout sera terminé et nous partirons en Suisse ! » Il se met à sangloter. Il ne peut prononcer un mot de plus.

Dans la carrière de calcaire brun de Vollmer, Georg travaille dur. À Itzelberg, il charge les pierres dans un chariot après les explosions. L'atmosphère est bon enfant. Georg Kolb, l'expert en explosif, lui montre même comment utiliser la dynamite. Personne ne le surveille. Il profite des tirs de mine pour glisser dans sa poche les cartouches de dynamite en trop. Personne ne s'en aperçoit. Il n'y a pas de registre pour tenir les comptes. Georg a besoin, vite, de plus d'explosifs. La nuit, il se faufile à cinq reprises dans la carrière. Avec une clef limée de la maison de ses parents, il force, dans l'obscurité, la banale serrure de la porte métallique de l'entrepôt de poudre. S'éclairant avec sa lampe de poche, il vole dans des caisses en bois de puissants explosifs : plusieurs boîtes de 20 cartouches de « Donarite » et de « Gelantine ». Sur une étagère, il s'empare aussi de 125 détonateurs dans deux coffres en fer-blanc. Deux ou trois devraient suffire. Il se dit qu'avec davantage de poudre, l'explosion sera plus puissante. Il fourre le tout dans son sac à dos tyrolien. Puis, tâtonnant dans le noir, il sort et rentre chez lui en sifflotant dans la nuit.

Georg a du travail. Dans la cave des Schmauder, il a installé un atelier avec un robuste établi. Il cache ses explosifs dans une solide boîte en bois qu'il a fabriquée. Elle a un double fond soigneusement vissé. Deux compartiments secrets, invisibles, sont dissimulés sous une planche. Le coffre est cadenassé avec trois serrures. Elle reste toujours dans sa chambre, verrouillée, à côté de son lit. Il installe aussi deux serrures sur la porte de sa chambre. Et il garde toutes les clefs sur lui en permanence. Un soir, Maria le surprend, malle ouverte, double fond dégagé. Georg doit improviser. Il invente qu'il cache ainsi son argent et les croquis de ses « inventions ».

Un jour de mai 1939, c'est l'accident. À la carrière, Georg se fracture le pied. Il est écrasé par une pierre. Certains assureront l'avoir vu provoquer l'incident volontairement. Il se rend chez le médecin à vélo, en pédalant d'un seul pied. Le docteur le plâtre jusqu'à la cheville. Il doit rester allongé sur le canapé chez les Schmauder. Il en profite pour penser à « différents modèles » de sa machine explosive. Pendant toute sa convalescence, il dessine des croquis des heures durant. Il fait des expériences avec une maquette de son « engin ». Déclaré guéri fin juillet, Georg décide de ne pas retourner à la carrière. Il veut passer tout son temps à préparer son attentat. Grâce aux mesures du pilier prises à Munich, il s'est fait une bonne idée de la forme qu'il doit donner à sa bombe.

Georg a observé de près l'artificier de la carrière Vollmer. Il a perfectionné sa connaissance des explosifs déjà acquise à l'Armaturenfabrik de Heidenheim. Il s'est aussi aidé d'un manuel d'entraînement des scouts. À la carrière, il a vu préparer la charge. Il faut creuser dans la pierre un trou profond puis le bourrer d'explosifs. Il a compris qu'il est important de placer la poudre le plus au fond possible puis bien la tasser. Pour allumer la charge de sa bombe, il ne veut pas utiliser de mèche. Ce sera impossible dans la brasserie pleine à craquer de nazis. Au moment de l'explosion, il veut aussi être le plus loin possible de Munich. Il doit fabriquer un détonateur. À vélo, il se rend dans un magasin d'Heidenheim, près de l'Adolf-Hitler-Strasse, pour acheter une boîte de cartouches de fusil. Il prend le plus gros calibre, du neuf millimètres, pensant qu'il sera plus efficace. Le vendeur ne lui demande rien, ni permis de chasse, ni licence d'armes.

Georg travaille d'arrache-pied à la conception de sa bombe. Maintenant qu'il est seul et libre, il prépare intensivement « son acte ». Il soigne le moindre détail de son engin explosif. Chez les Schmauder, dans la cuisine, dans sa chambre, dans son atelier du sous-sol, il dessine croquis sur croquis. Il crayonne tout le temps et partout. Quand on lui pose des questions, il répond qu'il travaille à une

« invention ». Une découverte dont il ne peut parler. Il doit la garder secrète tant qu'il ne l'a pas fait breveter. Dans sa chambre grande comme un débarras, il dort toujours avec sa « malle à bombe » à côté du lit.

Dans son atelier chez les Schmauder, Georg assemble un prototype de sa machine infernale. Si quelqu'un rentre dans l'atelier, il cache son invention sous son établi en bois, fait mine de fabriquer autre chose. Pour faire sauter ses explosifs, sans mèche et avec des balles, il bricole un cube de bois avec un clou. Poussé par un ressort, celui-ci vient percuter la douille de la balle. Un jour, les Schmauder s'absentent. Georg en profite pour tester une première fois sa machine dans son atelier. Il y a mis toute son ardeur, son adresse et son inventivité. Sa maquette fonctionne à merveille. Le « bang ! » est terrible. Du plâtre tombe des murs, s'effondre du plafond.

Dès lors, Georg juge plus discret d'essayer son engin dans le verger de ses parents, sur la colline du Flachsberg. À distance de l'appareil, il tire une ficelle. Il lâche la cordelette. Le ressort libère le cube de bois avec son clou. Comme une gâchette de fusil, la tige vient alors frapper le culot de la cartouche. La poudre prend feu. C'est l'explosion. De loin, son père l'observe. Il ne dit rien. Il a l'habitude de voir son fils se livrer à d'étranges expériences. Pour être sûr de son coup, Georg recommence quatre fois l'opération. Avec succès. C'est son premier prototype. Ce sera le seul. Grâce à ce mécanisme, Georg n'aura pas besoin de mèche. Les autres difficultés, il va les résoudre sur le papier. Pour déclencher sa bombe, pour libérer le ressort en son absence, il a trouvé une solution : il va utiliser une horloge.

De son travail à Constance, Georg a en réserve des mécanismes de pendules. Il a gardé des pièces d'horlogerie. Il les montait dans des boîtiers en bois, qu'il ponçait, polissait avant de les vendre ou de les offrir, généreusement. Après avoir déposé le bilan, en guise de salaire, l'usine de Rothmund de Meersburg lui a donné plusieurs dispositifs de pendules fabriqués dans la Forêt-Noire. Quand l'horloge fera sauter la bombe, tuera Hitler, Georg sera loin, très loin. Avant même que l'engin n'explose à Munich, il veut être réfugié en Suisse. Il voudrait y travailler comme ébéniste. C'est le pays le plus proche. Et c'est aussi celui où il a toujours eu envie de vivre. De toute façon, n'importe quel pays lui paraît aujourd'hui plus accueillant que l'Allemagne d'Adolf Hitler. Georg se fait sans doute des illusions sur la Suisse. Il ne sait pas que la Confédération helvétique n'a pas bougé le petit doigt pour sauver Maurice Bavaud, l'un de ses citoyens auteurs en 1938 d'une tentative d'attentat contre Hitler. Toute l'affaire Bavaud est restée secrète.

Georg commence à dessiner des plans, à concevoir son engin infernal pour tuer le Führer. C'est ainsi qu'il se rend compte qu'il doit retourner à la brasserie *Bürgerbräukeller* de Munich. Pour concevoir sa machine de mort, il lui faut connaître les dimensions exactes du pilier où il veut la dissimuler. Georg quitte l'Armaturenfabrik de Heidenheim après s'être disputé avec un contremaître. Après plus de deux ans de travail dans l'usine, il ne supporte pas l'arrogance des chefs. Pour effectuer son nouveau repérage à la *Bürgerbräukeller*, il prend le train le 4 avril 1939 pour Munich, comme d'habitude en troisième classe.

Comme toujours, Georg ne se cache pas. Il a même parlé de son voyage à sa collègue de travail et amie de l'Armaturenfabrik, la jeune Maria Schmauder. Bien sûr, sans lui dire le véritable but de son expédition. Il n'a pas de bagages, simplement son costume. Le train roule vers la capitale allemande, le métal des roues gronde sur l'acier des rails. Il regarde le paysage, l'air absorbé. Il retourne son plan dans sa tête. À Munich, il se rend tout de suite à la *Bürgerbräukeller*. Il entre dans le grand hall de la brasserie, grimpe sur la galerie par l'escalier. Avec un mètre pliant, il mesure discrètement le pilier. Il note les dimensions dans un calepin. Il crayonne un croquis. Ça ne lui prend que quelques minutes. Personne ne l'a vu.

Georg a décidé de placer sa bombe dans le pilier central un peu en hauteur, sur la galerie. Ainsi elle sautera derrière le pupitre où Hitler doit parler. Là-haut, il sera tranquille pour travailler. Dans la salle, en bas, il risquerait de se faire surprendre. Après avoir pris les dimensions du pilier, Georg va dîner. Comme toujours, il se rend dans la petite salle. En mangeant, il sympathise avec le serveur. Il prétend vouloir s'installer à Munich, y chercher du travail. Il promet 50 marks au serveur si celui-ci lui cède sa place lors de son service militaire. Avec l'appareil photo que lui a offert pour Noël Maria Schmauder, son amie de l'Armaturenfabrik, il prend les serveuses en photo. Il photographie aussi la grande salle et le pilier. Il reste quelques jours à Munich. Il veut fréquenter la brasserie, observer ses pratiques. Il note les habitudes du personnel. Il établit les horaires, vérifie les entrées, les sorties. Il repère aussi les portes fermées à clef.

Lors de son temps libre, Georg passe de longues heures à visiter la ville. Toujours à pied, il explore l'immense esplanade de la Königsplatz. Sinistre, la nouvelle perspective le glace. Le parc et ses arbres ont été rasés. Ils ont laissé la place à un immense terrain de parade pour les grandioses revues du Troisième Reich. La Königsplatz a pris des allures de temple d'une civilisation païenne disparue. Des milliers de dalles de granit noir ont remplacé la pelouse. À l'extrémité de la place se dressent deux *Ehrentempel*, des « Temples d'honneur » carrés. Soutenu par des piliers de calcaire jaune, chaque temple contient huit sarcophages de bronze noir. Ici reposent les seize « martyrs » du putsch raté de la Brasserie de 1923. Derrière les temples se dresse la face rectiligne du siège du parti nazi.

À côté, on trouve son double, le *Führerbau*, le « bâtiment du Führer », un bloc classique et impersonnel de pierres blanches à l'intérieur tapissé de marbre. C'est là que quelques mois plus tôt furent négociés les accords de Munich. Des portiques monumentaux, couverts de bannières nazies, encadrent les deux bâtiments. Leurs portes sont surmontées d'aigles de bronze, ailes déployées, qui tiennent dans leurs serres une croix gammée. Des « flammes éternelles » brûlent, vacillantes, près des deux « Temples des martyrs », gardés par des sentinelles SS, immobiles comme des statues de pierre. Tout est de gris et de noir, d'angles droits, même les colonnes néoclassiques. Pour ne pas se faire remarquer, Georg esquisse un vague « salut aux martyrs ». Puis il continue son chemin, tête basse.

Imperturbable, Georg suit son agenda. Début août 1939, il raconte à la famille Schmauder qu'il part s'installer à Munich. Il explique qu'il va faire breveter sa fameuse invention. Il assure y avoir aussi trouvé une place de menuisier. À son ami communiste Josef Schurr, il confie que, si son plan réussit, son nom sera bientôt dans les journaux. Il le conjure de garder cela pour lui. Pour dire adieu à son père, il se rend à vélo sur la colline du Flachsberg. Il croise son ami d'enfance, Eugen Rau. En dialecte souabe, il lui annonce alors :

— Rien n'ira mieux en Allemagne tant qu'on n'aura pas fait exploser ce gouvernement. Et je vais le faire.

Eugen lui répond :

— Hé, tu peux pas faire ça !

Et Georg lui lance :

— Ne le dis à personne, c'est tout !

Puis il pédale jusqu'à la gare. Il va voyager dans le train avec sa malle et les explosifs dans le double fond secret recouverts de linge. Il s'est fait expédier à Munich dans une caisse ses outils et ses vêtements. Sur le quai numéro deux de la gare de Königsbronn, ce 5 août 1939, Georg prend le train pour Munich et pour son destin.

Chapitre 10

Cacher la bombe

À la gare de Munich, Georg paye un bagagiste pour transporter sa malle en camionnette. Il a loué une chambre en passant une annonce dans le *Münchner Zeitung*. Le logement ne lui convient pas. Il est trop cher. Et surtout, il est impossible de bricoler dedans. Ses logeurs, les Baumann, semblent aussi un peu trop curieux. Il cherche donc un autre hébergement en publiant une nouvelle demande. Pour venir vivre à Munich, Georg a rusé. Afin de tromper l'Office pour l'emploi, il a écrit dans la rubrique matrimoniale des *Münchner Neuesten Nachrichten* : « Monsieur cherche mademoiselle ou veuve avec appartement. » En cas de contrôle de l'Arbeitsamt, du bureau du travail, il prétendra qu'il est venu vivre dans la capitale bavaroise pour se marier.

Trois jours après son arrivée, en août 1939, Georg Elser se met à l'œuvre. Entre le 5 août et le 6 novembre 1939, il va se rendre près de trente-cinq fois dans la grande salle de la *Bürgerbräukeller*. Toutes les nuits, il « travaille ». Il creuse dans le pilier de la grande salle la niche où il va installer sa bombe. Avant de s'y mettre, il enfile toujours par-dessus ses vêtements un bleu de travail. Quand il a terminé, il le cache dans le cagibi. Le jour, il porte un discret costume, une veste solide, un pantalon long, des chaussures noires basses et un pull-over café. Mi-octobre, quand le temps se refroidit, il ajoute un pardessus gris.

Très régulièrement, il dîne entre 20 et 22 heures dans la *Bräustüberl*, la petite salle enfumée de la brasserie. Sa chaleur étouffante tranche avec la fraîcheur de la rue. Il s'assied toujours à la même table, au milieu de la pièce. Georg aime la liberté, mais aussi l'ordre, les habitudes. Il est d'une régularité qui confine à la routine. Il a de la grandeur d'âme et des petites manies. Souvent c'est une jeune femme, Mlle Berta, qui le sert. Bientôt, elle ne lui propose plus une *mass*, la chope de bière d'un litre. Elle sait qu'il boit un demi-litre au maximum. À sa table favorite, Georg mange simple et bon marché. Il prend le repas des travailleurs à 60 pfennigs. Il n'oublie jamais de donner un morceau de sa viande ou de sa saucisse à Ajaxel, le berger allemand du gérant.

Vers 22 heures, Georg règle l'addition. Dans le brouhaha de la salle enfumée, les éclats de voix et les rires, il sirote la fin de sa bière. Il attend le moment propice pour s'éclipser, se cacher dans un cagibi. Quand l'heure de la fermeture approche, les serveuses essuient les tables, placent les chaises à l'envers puis éteignent la lumière. Georg passe alors par le *Bräustubl*, le vestiaire, pour gagner la grande salle. Elle n'est jamais fermée à clef. Il vérifie soigneusement qu'il n'y ait personne. Puis il entre. Il monte par l'escalier de la galerie. Il se cache près de la sortie dans un cagibi où sont entreposées des boîtes en carton. La porte de ce réduit est dissimulée par un paravent. Sans faire un bruit, Georg se cache. Il attend que la vendeuse de cigares vienne verrouiller la salle. Elle le fait tous les soirs, très régulièrement, entre 22 h 30 et 23 h 30. Avant de donner trois tours de clef, elle nourrit ses chats. Parfois, la vendeuse croit entendre un grincement venant de la galerie. Elle appelle le gardien de nuit, qui se moque d'elle. Alors elle se dit qu'elle a rêvé. Dans son réduit, Georg attend dans le noir. Ses yeux s'accoutument à l'obscurité. L'oreille tendue, il s'assure qu'il n'entend aucun bruit, qu'il n'y a plus personne dans la salle. Puis, à pas de velours, il sort du cagibi. Il se met à une nouvelle nuit d'ouvrage.

À la lueur de la veilleuse et de sa lampe de poche, il travaille toujours jusqu'à 2 ou 3 heures du matin. À genoux, il creuse le pilier sur la galerie, au-dessus du podium où Hitler doit parler. Dès que le trou dans le pilier sera suffisamment grand, il cachera ses outils à l'intérieur. Puis il retourne dans son réduit. Il somnole sur une chaise le reste de la nuit. Il songe souvent au branle-bas qu'il va provoquer dans le régime nazi. Ou il rêve d'Elsa Härlen. Entre 7 et 8 heures du matin, les portes de la brasserie rouvrent. Courbaturé, Georg s'étire. Il se glisse au-dehors. Jamais il ne se cache. Il est maître dans l'art de maîtriser ses nerfs. L'air naturel, il quitte la brasserie. À travers la ville qui somnole encore, il marche près de trois quarts d'heure pour rentrer chez les Lehmann. Éreinté, il s'allonge dans sa chambre tout habillé sur le lit. Il s'assoupit.

Elsa Härlen n'arrête pas d'envoyer à Georg des lettres d'amour, à Munich, mais en poste restante. Il ne lui a pas donné son adresse. Il ne veut mouiller personne dans sa folle entreprise. Dans ses lettres, elle lui demande ce qu'il fait, où il travaille. Georg ne lui écrit que deux fois. Mais il ne répond ni à ses questions ni à son amour. Bien entendu, il ne lui dit pas un mot sur ce qu'il prépare à la brasserie. Il lui raconte qu'il a une belle chambre, qu'il a trouvé un atelier pour travailler. Elsa désespère. Elle décide d'oublier Georg. Puis, elle rencontre un autre homme dans l'usine d'aluminium d'Esslingen où elle travaille. Elle va se marier avec lui.

Ses premières nuits dans la brasserie, Georg les passe à fabriquer une porte pour cacher sa niche creusée dans le pilier. Il doit absolument dissimuler cette cavité creusée. Ne pas se faire démasquer est devenu son obsession. D'abord, il démonte la plinthe, en bas du coffrage du pilier. Puis il enlève celle du haut. Ce sont de simples baguettes qui se décollent sans difficulté. Il scie le coffrage en bois du pilier. Avec deux chevilles, il transforme la planche découpée en porte. Avec une plaque de métal de deux millimètres, il la renforce. Il ne veut pas qu'elle sonne creux si l'on tape dessus. Il craint aussi qu'un clou vienne endommager le mécanisme de sa bombe. Réaliser cette simple porte ne lui prend pas moins de trois nuits. Quand il remet les plinthes, la cache devient invisible. Les nuits suivantes, toujours agenouillé sur le plancher de la galerie, il évide méticuleusement la colonne de ses briques. Une par une, il les extrait. Pour commencer, il gratte l'enduit qui les recouvre. Pour détacher les briques, il perce ensuite des trous dans un mortier très dur à l'aide de son vilebrequin. Puis, à coups de burin, il enlève le mortier. À l'aide d'un levier, il n'a plus qu'à détacher les briques, morceau par morceau. C'est un travail ingrat, une tâche laborieuse, épuisante.

Georg est extrêmement prudent. Dès l'une des premières nuits, il a bien failli se faire prendre. L'alerte fut chaude. C'était le matin, au moment où il allait partir, à l'heure de l'ouverture de la salle. Soudain, un homme est entré dans le débarras pour récupérer une boîte en carton. À moins que ce ne soit le chien Ajaxel qui ait trahi son ami en fonçant vers le réduit où il se cache en remuant la queue. L'homme l'a vu. Il est reparti sans dire un mot. Quand il est revenu avec le directeur, Georg avait déjà quitté sa cachette. Il s'était installé à une table sur la galerie, écrivant une lettre. Le directeur lui a demandé ce qu'il faisait dans le cagibi. Georg a répondu très naturellement qu'il s'était enfermé pour faire sortir le pus d'un furoncle. Avec une grimace de dégoût, l'homme lui a demandé d'aller finir son courrier ailleurs. Toujours plein de sang-froid, Georg est descendu dans le jardin et a commandé un café. Depuis cet incident, il croit parfois entendre des pas dans l'escalier quand il somnole dans son cagibi. Il sursaute. Tendu, il écoute le bruit du silence du grand hall, la rumeur de la ville. Épuisé par ses nuits de labeur, il se rendort.

Deuxième alerte lors de sa première semaine de « travail ». Un homme entre dans la salle de bal. Au travail sur la galerie, Georg ne prend pas peur. Il arrive parfois que quelqu'un vienne chercher quelque chose dans la brasserie après sa fermeture. Ou bien que le veilleur de nuit fasse sa ronde, mais sans jamais rien contrôler. Georg garde toujours un morceau de viande pour le donner à son chien. Cette fois-ci, c'est différent. L'homme monte les escaliers de la galerie, une lampe de poche à la main. Georg ne panique pas. Juste a-t-il le temps d'aller se cacher dans son cagibi. Depuis cette mésaventure, au moindre bruit, il se réfugie dans son réduit. Jusqu'au début de la guerre, deux chiens se promenaient dans la salle, venant des pièces du premier étage. Sans sembler repérer Georg, les chiens aboyaient. Personne ne s'est jamais demandé pourquoi. Georg a vite trouvé la solution pour les neutraliser. Il les a enfermés en bloquant la porte du premier étage avec une chaise.

L'été 1939 est frais et pluvieux en Allemagne. Mais l'atmosphère d'avant-guerre, elle, demeure explosive et brûlante. Une fièvre collective s'empare du pays. On entend les bruits sourds de bottes. Maintenant il ne s'agit plus de la Tchécoslovaquie, mais de la Pologne. Journaux et radios ne cessent d'en parler. Ils décrivent l'oppression, les sévices, les assassinats, les viols dont serait victime la minorité allemande dans ce pays. Menaçants, le Dr Goebbels et Hitler lui-même s'adressent directement à la nation allemande. Ils dénoncent cette situation « inacceptable », « insupportable », « intolérable » des frères allemands « persécutés » en Pologne. Ça sent l'ultimatum et la poudre.

Une bombe politique éclate le 23 août 1939. Le Troisième Reich signe un pacte de non-agression avec l'Union soviétique. Jusque-là, l'URSS était présentée par Berlin comme l'ennemie « judéo-bolchévique » à abattre. Déboussolée, la population allemande est en émoi. Georg reste impassible. Flegmatique, il poursuit son plan, continue son ouvrage. Il n'a que faire de la ligne politique des communistes. Le Pacte germano-soviétique paralyse l'opposition du parti communiste allemand au nazisme. Il ne dissuade pas Georg. Une semaine après l'accord, le 1er septembre 1939, à 4 h 45 du matin, quelques heures après le fameux « incident de Gleiwitz », la Seconde Guerre mondiale éclate. Une gigantesque armada allemande se rue sur la Pologne. Bientôt, le 17 septembre 1939, ce sera au tour de l'Armée rouge d'envahir le pays.

Munich vit au son des bruits de bottes. Avant même le début de la guerre, de nombreux Allemands sont appelés sous les drapeaux. Officiellement, il s'agit d'une simple réponse à une mobilisation des Polonais. Des tickets de rationnement sont aussi distribués. La rue est inquiète.

Les femmes montent à l'assaut des magasins. Bien qu'inutiles, sauf pour la guerre psychologique, des tranchées sont creusées pour se réfugier en cas d'une très hypothétique attaque aérienne. Le vrai traumatisme, c'est la taxe élevée – de dix pfennigs – imposée sur le bock de bière. Lorsque la guerre commence, le 1er septembre, des communistes de Munich distribuent clandestinement des tracts. Ils appellent à protester. Personne ne bouge. Manifester mène tout droit à Dachau. Pour entretenir la peur d'un hypothétique bombardement, les autorités décrètent un couvre-feu obligatoire. La veilleuse de la grande salle de la brasserie *Bürgerbräukeller* est éteinte.

Georg est plongé dans l'obscurité. Seule la faible lueur venant de la rue éclaire encore un peu la salle. Pour travailler, il doit utiliser sa lampe de poche. Il l'occulte avec un mouchoir de tissu bleu. Il y a pire. Depuis la déclaration de guerre, une patrouille de la protection civile campe dans la *Bürgerbräukeller*. Heureusement, ces hommes de la défense passive restent dans la salle Alt-Münchener, du « Vieux Munich ». Georg entend juste leurs éclats de voix. La plupart du temps, faute d'alerte aérienne, ils dorment. Avec beaucoup de précautions, il peut encore creuser. Cette guerre qu'il avait prévue renforce sa détermination à décapiter le pouvoir nazi. Il sait que ce n'est que le commencement des hostilités. Un conflit généralisé va suivre. Pour stopper ce désastre, il doit à tout prix réussir. Il s'acharne au travail.

Tous les matins, vers 6 heures, les vétérans de la garde passive ouvrent les portes de la brasserie. Georg part maintenant vers 6 h 30. Il ne croit pas que ces hommes le voient. Un jour, en s'éclipsant, il remarque un vieux jardinier au travail. Il pense être passé inaperçu. Georg ne se cache pas. Cependant, il essaye maintenant de sortir plus souvent par la porte de derrière, sur la Kellerstrasse. Les incidents sont rares. Tout le monde le connaît, a pris l'habitude de le voir à la *Bürgerbräukeller*. Personne ne lui demande pourquoi il est là, ce qu'il fait là, ni où il va. C'est un habitué, il fait partie des meubles. Et il a toujours l'air serein, à l'aise, innocent. Il a une assurance inébranlable. Il a bonne conscience. Il sait que ce qu'il va faire est juste.

Ce 1er septembre 1939, Georg quitte les Baumann, ses logeurs trop curieux. Il déménage dans la Türkenstrasse. Il va habiter au numéro 94/II chez Rosa et Alfons Lehmann, tapissier. Il ignore sans doute qu'il s'installe dans un quartier particulièrement « brun ». Calme et modeste, le jeune ébéniste fait bonne impression à ses nouveaux logeurs. Ils le trouvent simplement un peu étrange. Il se présente comme « un inventeur et un artiste dans le travail du bois ». Sa chambre est un réduit de dix m^2. Avec un lit, un chevet et un bureau. Mais elle ne lui coûte que 17,70 marks par mois, sans le petit déjeuner. Georg doit vivre sur ses économies. Il a mis près de 400 marks de côté. Pour financer son attentat, il a vendu tout ce qu'il avait, même son beau vélo tout neuf et sa chère cithare de concert. Faute de place dans sa nouvelle chambre, il doit stocker une partie de ses affaires dans la cave. Il lui faut aussi laisser sa malle pleine d'explosifs dans le couloir. De toute façon sa chambre doit rester ouverte. Rosa Lehmann exige de pouvoir y faire le ménage quand elle veut.

Un dimanche matin, Georg manque d'être démasqué par ses logeurs. Les Lehmann rentrent bien plus tôt que prévu. Il est dans le couloir en train de manipuler les explosifs et ses croquis. Il referme sa malle dans la précipitation. Apparemment, les Lehmann n'ont rien vu. Fidèle à sa politique qui consiste à se montrer pour mieux se cacher, il est allé déclarer à la police sa nouvelle adresse, sous sa véritable identité. Comme toujours, il a expliqué à ses hôtes qu'il travaille à une invention. À d'autres, il assure assister à des cours de menuiserie. Malgré la curiosité de la famille, Georg ne donne aucun détail.

Un beau jour, Rosa Lehmann commence à se poser des questions. En nettoyant la chambre de Georg, elle a aperçu une batterie posée sur le bord de la fenêtre. Sur le bureau, elle voit aussi une horloge réglée d'une drôle de façon. À quoi peuvent bien servir cette horloge, cet accumulateur ? C'était un des plans de Georg. Il avait envisagé de connecter le détonateur de sa bombe au mécanisme à l'aide d'un clignotant de voiture alimenté par une batterie. Mme Lehmann appelle son mari. Alfons Lehmann examine l'accumulateur puis l'horloge. Il s'exclame :

— Il ne va pas construire une machine de l'enfer !

Les Lehmann se sont pris d'un fou rire. Ils sortent de la chambre. L'affaire est classée.

Ses hôtes s'aperçoivent aussi que Georg ne rentre pas pour dormir. L'ébéniste explique qu'il travaille sur un banc public à son invention. Il a besoin d'être au calme, à l'air libre, pour réfléchir, du moins tant qu'il ne fait pas encore trop froid. Presque tous les soirs, Georg part dîner à la brasserie *Bürgerbräukeller* avant de se mettre à « son travail ». La clef de sa malle est toujours sur lui. Il ne fabrique pas son engin infernal à l'avance. Il veut être certain que sa taille sera adaptée à la cavité dans le pilier de la brasserie. Il passe sa journée au lit. Comme Georg aide aussi pour la maison, qu'il est calme et sympathique, qu'il paye bien et toujours d'avance, il passe seulement pour un gentil « excentrique ». Il est d'une telle discrétion que ses logeurs l'entendent à peine se déplacer. Pour les Lehmann, Georg est un original, un original inoffensif.

Georg a besoin de pouvoir faire son bricolage très spécial au calme. Il charme un maître menuisier bon et serviable, Johann Brög, qui habite à côté de chez lui, un peu plus loin dans la rue, au 59 Türkenstrasse. Quand c'est nécessaire, Georg le taciturne sait se faire affable, voire bavard. Il réussit à le convaincre de le laisser utiliser son atelier. En échange, il l'aide à construire une imposante armoire. Dans l'atelier, Georg entrepose sa malle, fermée à clef, explosifs toujours dans le double fond. Curieux, Johann Brög lui demande à quoi il travaille. Comme d'habitude, Georg répond avec aplomb qu'il construit une invention, une invention secrète. Un jour, le menuisier voit les mécanismes d'horloge. Il demande à son nouveau collègue s'il ne fabriquerait pas un réveil qui sonne le matin en allumant la lumière. Évasif, Georg répond :

— Oui, un truc comme ça !

Johann Brög semble satisfait.

Chapitre 11

La machine infernale

Nuit après nuit, un goût douceâtre de plâtre et de poussière dans la bouche, Georg creuse à genoux la base du pilier. Le jour, il fabrique avec beaucoup de minutie son engin de mort. Il est épuisé. Ses jambes sont douloureuses, ses genoux en feu. Il est exténué. Il a l'impression d'être sorti de lui-même, que quelque chose agit à sa place, qui le pousse à continuer. Quelque chose qui le dépasse, le transcende. Quelque chose d'enfoui dans sa nature, une pulsion peut-être, un instinct aveugle auquel il ne peut échapper. Alors, investi de sa mission sacrée, il continue, avec le courage de la vertu. Comme si le sort de la civilisation ne dépendait plus que d'un homme, que de lui. Comme si chacun de ses coups de marteau qui résonnent lourdement dans la pénombre enfonçait un clou dans le cercueil du nazisme.

Début octobre 1939, après plus d'un mois de ce travail opiniâtre, la niche est prête. Il sait maintenant quelles doivent être les dimensions exactes de la bombe. Il ne lui reste qu'à modifier les mécanismes d'horlogerie. À la quincaillerie de Türkenstrasse, il achète des boulons, des écrous, des ressorts. Il fabrique certaines pièces du mécanisme du détonateur lui-même. Il en achète ou en fait fabriquer d'autres : un ressort à spirale, deux vis avec écrou et une vis filetée, etc. Il fait usiner des pièces, pour 18 Reich Marks, chez un ajusteur. Il peut désormais programmer l'explosion six jours, ou cent quarante-quatre heures, à l'avance, à un quart d'heure près.

Derrière le cadran de l'horloge, il fixe un levier à l'aiguille des heures. Il libère le percuteur qui vient frapper les cartouches de fusil. Puis il place ses explosifs dans des douilles d'obus et deux contrepoids d'horloge creux. Il les a fait évider chez un tourneur ajusteur de la Baaderstrasse. Il a aussi fait fabriquer des couvercles pour les cartouches dans une usine de machine-outil. Comme toujours, il s'est présenté comme un « inventeur ». De toute façon, personne ne lui demande jamais ce qu'il fabrique. Partant toujours de son principe que la meilleure de façon de se cacher est de s'exposer, Georg mène au grand jour sa vie « d'inventeur original » innocent. De plus en plus taciturne, il ne parle que rarement. Il est éreinté, mais ne s'arrête pas. Il a lancé quelque chose qu'il ne peut plus arrêter, qui ne doit pas s'arrêter.

Georg ne veut rien laisser au hasard. Pour plus de fiabilité, il décide d'utiliser deux horloges. Il double ou triple aussi les circuits de mise à feu avec trois percuteurs, trois amorces et trois détonateurs. Dans le silence de la brasserie, il s'aperçoit d'une catastrophe. On entend le tic-tac des mécanismes des horloges. Il enferme les deux pendules dans un caisson à double paroi de contreplaqué. Il insonorise cette boîte avec des plaques de liège d'un cm d'épaisseur. Il ne lui restera plus qu'à fixer le tout dans le pilier.

Son corps est presque à bout. Il manque de le lâcher, de faire dérailler son plan. À force de travailler à genoux sur le plancher de la galerie, sa rotule droite s'est enflammée. Il est blessé de plaies purulentes. Elles l'empêchent de continuer. Pendant plus de deux semaines, un docteur de la Wörthstrasse le soigne. Sa logeuse s'occupe aussi de lui. Bientôt, il peut se remettre à sa tâche. C'est la dernière ligne droite avant le bouquet final. Il pense qu'il sera prêt pour le grand jour. Fin octobre, Georg achève le travail de maçonnerie. La cavité pour la bombe à retardement fait quelque 70 cm par 90 cm. Comme il ne lit pas les journaux, il ne se rend même pas compte que son projet manque de peu d'échouer. En raison de la guerre qui menace sur le front Ouest, il est question d'annuler la commémoration de la brasserie. Le 6 novembre, un communiqué explique qu'Adolf Hitler ne viendra pas à Munich. Le 7, on annonce qu'il sera remplacé par Rudolf Hess, qu'il n'y aurait qu'un dépôt de couronne au monument aux morts. Mais le 8 au soir, on apprend qu'Hitler, le « Pape de Munich », sera finalement là.

L'automne est mauvais et maussade, plein de vent, de crachin, de pluie et de brumes. Chaque jour, le crépuscule nordique s'abat de plus en plus tôt. Le temps se rafraîchit. C'est une arrière-saison pâle et morose. Une brume blanchâtre, subtile et légère envahit l'atmosphère. Elle se transforme parfois en voiles d'épais brouillards gris et immobiles, mornes et vides, mystérieux et menaçants. Ces brumes épaisses enveloppent le monde comme un linceul, l'accablant de tristesse. Tout est blafard, livide et blême. C'est un monde diabolique, oppressant, triste, lugubre et trompeur. Comme si elle annonçait un désastre, cette météo funeste va tout faire dérailler.

Georg a assemblé tous les éléments de son engin. Il a vérifié son fonctionnement. Dans sa chambre, le 2 novembre au soir, il remplit les douilles et les contrepoids de poudre. Puis il visse les couvercles et range tous ces explosifs dans sa valise. Il se rend à pied à la *Bürgerbräukeller.* Il entre discrètement par la porte de derrière. Il monte sur la galerie. Il est 22 ou 23 heures. Après un passage dans le cagibi, éclairé par sa lampe de poche, il place les douilles et les deux contrepoids dans la cavité. À l'affût, il se fige parfois dans l'obscurité. Personne. Rien ne bouge. Il travaille jusqu'à 2 heures du matin. Il passe le reste de la nuit dans sa cachette. Vers 6 h 30 du matin, il sort avec sa valise vide, toujours par-derrière, par la Kellerstrasse. Il retourne à l'atelier. Il remplit sa valise avec le reste des explosifs. Le lendemain, au petit jour, il retourne à la *Bürgerbräukeller.* Il bourre les interstices encore libres de poudre noire, de détonateur, de cartouches, de munitions de fusil. Pour pouvoir combler les espaces libres à l'arrière, Georg s'est fait fabriquer une pince spéciale en forme de cuillère.

Dans la soirée du 2 novembre, il a remonté les deux horloges. Il les a mises en route. À plusieurs reprises, il a vérifié leur bon fonctionnement. Le lendemain, ce doit être l'acte final. Après avoir installé les horloges, il va amorcer la bombe. Pendules entourées dans du papier d'emballage, il marche jusqu'à la *Bürgerbräukeller.* Pour la première fois, la porte du grand hall est fermée. Il doit rentrer à l'atelier. Autre tuile : là aussi la porte est verrouillée. Il lui faut donc passer la nuit dans le jardin de la *Bürgerbräukeller*, sous l'abri des tonneaux de bière. Le froid ronge le reste de ses forces. Vers 5 h 30, dans la lumière des lampadaires qui troue l'obscurité, il retourne à son atelier. Il vérifie le réglage des horloges avec sa montre. Il craint toujours qu'elles ne s'arrêtent.

Georg revient le lendemain à la brasserie avec ses horloges emballées. C'est samedi, jour de bal. Il doit entrer par la porte principale, par la Rosenheimer Strasse, et acheter un billet. Pour regarder les danseurs, il s'assied à une table sur la galerie, au-dessus de l'estrade des musiciens. À la fin de la soirée, vers 1 heure du matin, Georg se glisse dans sa cachette. Surprise : son débarras a été rangé. Il est vidé de ses cartons. Après un moment d'angoisse, il retrouve son bleu de travail, bien proprement plié dans un coin du cagibi. Il attend que la salle se vide, qu'elle soit fermée à clef, vers une heure et demie du matin. Il s'assure qu'il ne reste personne. Il commence à installer ses horloges. Nouveau problème : l'emplacement qu'il a prévu est finalement trop étroit. Georg tente d'élargir l'espace à coups de burin. Rien n'y fait : les horloges ne rentrent pas dans la niche. Il range son bleu dans le pilier avec les outils.

Dans le cagibi, il n'arrive pas à dormir. Il est déjà au-delà de la fatigue. Au petit matin, il rentre à son atelier. À la scie, au rabot, il arrondit les angles de la boîte en bois des horloges. Épuisé, mais pas découragé, il retourne le soir à la brasserie. Il doit de nouveau entrer par la Rosenheimer Strasse, car il y a encore un bal. Ces réjouissances ne seront suspendues qu'après la défaite de Stalingrad, en 1943. La fête se termine à minuit. Une heure plus tard, Georg sort du cagibi. Sans trop forcer, il réussit enfin à faire rentrer le boîtier dans la cavité. Il le fixe avec des brides en métal, passe les fils des détonateurs. Il doit remettre les horloges à l'heure. Elles se sont arrêtées pendant le transport. Il les règle pour que la bombe éclate entre 21 h 15 et 21 h 30. Il enlève l'écrou qui empêchait une mise à feu par accident de la bombe. Il ferme la porte. Le mortel compte à rebours a commencé.

Chapitre 12

Une frontière si près, si loin

À 6 heures du matin, ce lundi 6 novembre 1939, Georg sort de la brasserie. Il a fini son « travail ». Trois mois ont passé depuis qu'il a enlevé la première brique du pilier. Il va fêter ça. Il traverse l'Isar par le Ludwigsbrücke. Il s'arrête à un kiosque sur l'Isartorplatz, près des tours médiévales, et s'offre le luxe de deux tasses de café. Les vendeurs de journaux, de tabac et de fleurs garnissent leurs étalages. Les voitures, les bus, les tramways envahissent les rues. Munich s'éveille. Avant de quitter la ville, Georg retourne sous la pluie à l'atelier de Johann Brög pour ranger ses affaires. Puis il passe voir ses logeurs qui lui demandent s'il a terminé son invention. Avec entrain, Georg s'exclame :

— Oh, oui !

En costume bleu-gris, manteau croisé gris-noir, chapeau gris à ruban noir, il prend un rapide pour Stuttgart. Il se rend chez sa sœur, Maria Hirth. Il veut lui dire au revoir. Elle vit avec son mari, Karl Hirth, dans un deux pièces cuisine au 52 Lerchenstrasse. Elle travaille à l'usine de textile, lui est boucher dans un grand hôtel de Stuttgart, le *Wuntemberger Hof.* Georg ne porte que sa valise brune à la main. Sa malle a voyagé en bagage accompagné.

Quelques jours auparavant, il a expédié par le rail à sa sœur trois caisses, avec son linge, ses vêtements et ses outils chéris. Maria est intriguée. Pourquoi lui donne-t-il toutes ses affaires ? Elle le questionne sur ce qu'il a en tête.

— Il faut que je passe la frontière. Il le faut. Les jeux sont faits, répète Georg.

Les Hirth n'osent pas poser plus de questions. Connaissant l'homme, ils savent qu'il est vain d'insister. Ils lui demandent cependant s'il est obligé de partir à l'étranger. Georg s'obstine :

— Les jeux sont faits.

Il précise qu'il ira en Suisse. Il promet à Maria de lui envoyer de l'argent. À l'étranger, la pension alimentaire pour son fils ne sera plus prélevée sur son salaire. Il reste deux jours chez sa sœur. Avant de partir, il répare la tige du balancier et vernit la pendule du salon. Il passe voir son beau-frère Karl au travail. Les deux hommes échangent de banals « porte-toi bien », « écris-nous ».

Georg est pressé. Il se rend à la gare en tramway. Mais il ne prend pas le train pour Constance, en direction de la Suisse. C'est ce qui va sans doute lui coûter cher. Quelque chose le travaille. Il retourne à Munich. Perfectionniste, il veut s'assurer que ses horloges de mise à feu fonctionnent bien. Dans son travail, il a toujours été réputé pour ce que ses collègues appelaient, en se moquant, sa « manie de la vérification ». Quand il avait fini une pièce dans son atelier, Georg tournait toujours autour de son établi deux ou trois fois pour l'examiner sous tous les angles. Il tapait dessus, la secouait, reculait pour l'observer. Et seulement après, il la livrait. Parfois, le lendemain, on le voyait débarquer chez le client pour examiner l'objet, être sûr que tout allait bien. Expert en horlogerie, il sait que les pendules peuvent s'arrêter si la base pour les poser, qu'il a dû fabriquer sans niveau en mélangeant du plâtre avec son urine, n'est pas parfaitement plane. Il doit vérifier que tout fonctionne sur les lieux du crime, mais il est à court d'argent. Il ne lui reste plus que dix marks sur ses 400 d'économies. Sa sœur Maria lui a donné 30 Reich Marks pour ses affaires. Elle va payer plus cher encore.

Georg arrive à 21 heures à Munich par l'express de Stuttgart. Il se rend directement en tramway à la *Bürgerbräukeller.* Il y entre vers 22 heures, quelques minutes avant la fermeture. Personne ne s'étonne. Beaucoup empruntent la grande salle comme un raccourci entre la Rosenheimer et la Kellerstrasse. Le grand hall est vide. À pas de loup, Georg monte sur la galerie. Il grimace à chaque gémissement des marches. Il colle son oreille à la porte du pilier. Et il entend le très faible tic-tac meurtrier des deux horloges. Avec son couteau, il ouvre la porte puis le boîtier des horloges. Elles sont pile à la bonne heure, à la minute près. Alors il décide de « laisser les choses suivre leur cours ». Il passe une dernière nuit sans sommeil sur la chaise dans son cagibi.

À 6 h 30 du matin, il sort de la brasserie. Dehors, il inspire plusieurs fois profondément l'air frais. Et après deux nouvelles tasses de café au kiosque de l'Isartorplatz, il prend un billet à 11 Reich Marks pour Constance *via* Friedrichshafen. Le train s'enfonce dans une brume dense et opaque. Un épais brouillard étouffe le paysage, noie les champs et les forêts, absorbant tout. Des fermes et des bosquets émergent puis disparaissent, engloutis par des nappes cotonneuses, des écharpes de brumes qui dévorent la campagne. Ce brouillard a quelque chose de funeste, de maléfique. Arrivé à Friedrichshafen, sur la rive nord du lac, le Bodensee, Georg doit attendre trois quarts d'heure avant le départ du bateau à vapeur pour Constance. Près de la gare, il se fait raser la barbe chez un coiffeur. Il veut faire bonne impression quand il demandera l'asile politique en Suisse. Il se regarde dans le miroir du barbier. Il est pâle. Il a les traits tirés. Ses joues sont creuses, ses yeux luisants. À grands coups de cornes de brume, le bateau quitte le quai. À cause du brouillard qui s'épaissit, passant du blanc au gris, le vapeur prend du retard.

Dans le battement sourd et régulier de la mécanique du moteur, crachant une fumée grise, le navire s'enfonce dans les volutes de brume qui se noient dans le lac aux rives floues, fantomatiques. Le bateau laisse un sillon d'écumes dans les eaux noires. Georg n'arrive à Constance qu'à 20 heures. Du débarcadère, il se dirige d'un pas lent vers la frontière enveloppée dans un linceul de brouillard cotonneux. Il a le goût de la brume sur les lèvres, son humidité qui colle à sa peau. Il prend le chemin le plus direct. Il n'a qu'un kilomètre et demi à franchir. En octobre 1938, il avait repéré le chemin de sa fuite. La frontière était à peine gardée, la guerre n'avait pas éclaté. Épuisé physiquement par ses nuits sans sommeil, Georg est aussi vidé émotionnellement par la tension nerveuse de son travail clandestin. Il a la tête qui tourne, des éblouissements et les jambes en coton. Il fait froid, nuit noire. Les rues sont désertes. Croyant avoir atteint son but, se pensant bientôt hors de danger, Georg est envahi par un grand vide, la « mélancolie de l'accomplissement ». Alors il marche vers la Suisse, sans trop de précautions, sans trop réfléchir, comme un somnambule. Il est exténué. Il a traversé cette frontière tant de fois quand il vivait à Constance qu'il n'imagine pas une seconde ne pas pouvoir la passer.

À une centaine de mètres, la frontière. Elle est marquée par un grillage haut de deux mètres, surmonté de fils barbelés. De l'autre côté, une masse indistincte, la ville suisse de Kreuzlingen. Georg entre dans le jardin voisin de Wessenberg. Il passe par une petite porte ouverte. C'est alors qu'il entend la voix d'Hitler qui vocifère. Par une fenêtre ouverte de leur poste de garde, deux douaniers allemands en service de nuit écoutent la retransmission à la radio du discours du Führer à la brasserie *Bürgerbräukeller.* Ils gardent un œil sur la route noyée dans le brouillard. Depuis que la guerre a éclaté, des déserteurs tentent de passer en Suisse. Invisible sous les arbres, l'un des douaniers aperçoit Georg à la hauteur de la maison Wessenberg. Il est à moins de trente mètres du passage de la frontière marquée par une simple chaîne. Il n'essaye pas de se cacher. L'agent court vers lui. Il arme sa carabine. Il l'interpelle :

— Où allez-vous ?!?

Georg prétend chercher une connaissance du nom de Feuchtelhuber, du groupe folklorique de Constance. Affectant de l'aider, le douanier l'amène au poste. Georg est pris au piège. Il s'avère que le M. Feuchtelhuber qu'il prétend chercher ici habite loin, à l'opposé, du côté de la gare. Georg jure qu'il le connaît pour avoir habité sept ans à Constance. Il n'arrive pas à expliquer comment il a pu s'égarer à ce point. Il s'embrouille dans ses justifications. Il s'en veut de son imprudence, de sa légèreté, de son impréparation pour franchir la frontière. Il n'a pas assez pensé à lui-même.

Il est fouillé. Ses poches sont vidées. Les gardes trouvent des pièces de détonateur volées à l'Armaturenfabrik Waldenmaier. Ils découvrent aussi une tenaille que Georg transportait pour couper d'éventuels fils barbelés à la frontière. Ils découvrent encore des notes avec des croquis de fusibles, des morceaux de laiton, un ressort d'horlogerie. Et les cinq marks qu'il lui reste ainsi qu'une carte postale en couleur de l'intérieur de la brasserie *Bürgerbräukeller*. Avant de quitter Munich, Georg a bien pensé jeter ces objets dans l'Isar, puis à s'en débarrasser dans le lac de Constance. Mais il les a gardés. Il a cette particularité typique des gens du Wurtemberg : ne rien jeter à la poubelle. Ce serait dommage, vous pourriez en avoir besoin à un moment. Il voulait aussi avoir des preuves qu'il était l'auteur de l'attentat pour obtenir l'asile en Suisse. Au revers de son manteau, il a épinglé son badge souvenir du « Front rouge ». « Par simple sympathie », précise Georg aux douaniers. C'est cet insigne de l'organisation communiste qui scelle son destin. Hitler vient de conclure un pacte avec Staline pour se partager la Pologne. Mais « les rouges » restent le cauchemar des nazis. Les agents remettent Georg à la police des frontières. Qui le livre à la Gestapo. Il lance un dernier regard vers la Suisse, de désir, de dépit, de regret.

Georg craint de s'être fait piéger, si près du but. Il a eu beau protester, rien n'y a fait. Arrêté vers 20 h 45 à la frontière suisse, il est conduit vers 21 h 15 au siège local de la Gestapo de Constance, au 29 Mainaustrasse, dans l'ancienne Villa Rokka, un bâtiment du 19e de trois étages. La radio y retransmet les chants des SA à la *Bürgerbräukeller*. À Munich, la bombe n'a pas encore explosé. Georg est livré au responsable du service de nuit du chef de la Gestapo locale, l'officier Otto Grethe. Calmement, l'ébéniste commence à nier avoir voulu passer la frontière pour fuir en Suisse. Grethe refuse de l'écouter. Georg s'énerve. Il tape du poing sur la table. Il assure qu'il a été arrêté sans raison. L'officier ne veut rien entendre. Georg doit reconnaître qu'il voulait passer en Suisse. Il assure que c'était seulement pour échapper au paiement de la pension alimentaire pour son fils illégitime.

Vers 23 heures, un fonctionnaire dépose sur le bureau en s'exclamant : « *Allerhand !* », « C'est un peu fort ! », un message arrivé par télétype. Le télégramme annonce l'attentat à Munich contre Hitler. Il décrète l'état d'alerte à toutes les frontières. Pensant qu'Elser va se trahir, l'officier de la Gestapo lui parle de la bombe de Munich. Georg reste imperturbable, joue l'ignorant. Bien entendu, il s'interroge : Hitler est-il mort ou vivant ? Le gestapiste Otto Grethe est perplexe. Il se demande comment cet homme pourrait être l'auteur de l'attentat de Munich : il a été arrêté à Constance avant même que la bombe ait explosé en Bavière. De plus, il trouve que cet ébéniste a un air totalement inoffensif. Le policier regarde par la fenêtre. Le brouillard s'est épaissi. La visibilité est de moins de cinquante mètres.

Georg est interrogé jusqu'à 4 heures du matin. Puis il est jeté dans une cellule du sous-sol avec une couverture et un seau d'aisance. Au petit matin, il est envoyé à Munich, au palais Wittelsbacher, siège et prison de la Gestapo dans la capitale bavaroise. Menotté dans le dos, il est écrasé entre les deux banquettes en cuir d'une Mercedes noire. Dans un claquement, les portières sont verrouillées. La voiture démarre en trombe. À chaque fois que Georg bouge pour aspirer de l'air, il prend un coup de pied dans la tête.

Chapitre 13

Le show du Führer

Hitler est à bord de son avion, en compagnie de Goebbels. Pendant le vol du Junker trimoteur de Berlin à Munich, le Führer dicte à sa secrétaire le discours qu'il va prononcer le soir même à la brasserie *Bürgerbräukeller*. De son côté, Goebbels, le ministre de « l'Éducation du peuple », se délecte. Il est en train de lire le scénario du film de propagande antisémite *Le Juif Süss* de Veit Harlan. Arrivé à Munich, Hitler passe d'abord à son luxueux appartement privé de neuf pièces, au 16 Prinzregentenplatz. Puis il se rend à la brasserie *Bürgerbräukeller*. Il arrive en avance, vers 20 heures. Et non à 20 h 30 comme d'habitude, comme le veut « l'horaire historique » du putsch raté de 1923.

Exceptionnellement, cette année, cette cérémonie, qui hésite entre un festival de bière et une grande messe du parti nazi, a été avancée d'une heure. En raison de l'épais brouillard qui noie la Bavière, le Führer va devoir repartir en train. Son pilote refuse de décoller dans cette soupe. Hitler devra aussi écourter son discours. Comme toujours, il est retransmis en direct par la radio allemande. Pour pouvoir prendre à 21 h 31 son « train spécial », le *Führersonderzug*, à la gare de Munich, Hitler devra quitter la brasserie plus tôt qu'à l'accoutumée, au plus tard à 21 h 10.

Le Führer entre dans la brasserie. Tous les hauts dignitaires du parti l'accompagnent, à l'exception de Göring et Himmler. On lui présente la relique nazie, la « sainte bannière », le *Blutfahne*, le « drapeau de sang », l'étendard à croix gammée taché par le sang de « combattants » nazis tombés lors du putsch avorté. Dans la grande salle historique, couverte de drapeaux à croix gammées, les *Alter Kämpfer*, les « Vieux Combattants », s'entassent et s'enivrent. Seuls peuvent être présents les titulaires du *Blutorden*, de « l'Ordre du sang », décorés pour leur participation au putsch de 1923. À cause de la guerre qui a éclaté début septembre, le gris des uniformes militaires domine cette année le brun des chemises des SA. En cet anniversaire du « Jour du Sacrifice » qui marque la « Résurrection du parti », le Grand Prêtre du NSDAP est lui aussi en uniforme de l'armée. Ses deux Croix de fer sont fièrement épinglées sur sa veste. Croix de fer de seconde classe, mais surtout de première classe. C'est sur cette décoration que l'ancienne estafette de l'armée allemande a fabriqué sa légende de « héros » de la guerre de 14-18. C'est elle qui a fait sa fortune politique. Pourtant, en l'absence d'exploits militaires, Hitler, simple caporal, n'avait pu obtenir cette distinction que grâce à l'intervention complaisante d'un lieutenant accommodant, Hugo Gutmann. Un officier juif.

Dans la salle de bal, l'orchestre joue des marches militaires. Les tables sont couvertes de grandes chopes de bière. Un nuage de fumée âcre de cigares et cigarettes se mêle à l'odeur aigre du houblon et de la sueur. Un « Vieux Soldat », membre du conseil municipal de Munich, chauffe la salle. D'une voix mâle, avec un accent bavarois alcoolisé, les *Alter Kämpfer* chantent : « *Die Fahne hoch, die Reihen dicht geschlossen, SA marschiert mit ruhig festem Schritt.* »

« Bannière levée, rangs serrés, la SA marche d'un pas tranquille et ferme. » Hitler apparaît. Il est suivi des dignitaires du parti : Goebbels, Heydrich, Bormann, Hess, Rosenberg, Streicher, etc. La salle frémit. L'ovation qui salue l'entrée du Führer tourne à la frénésie. Gorgée de bière, la foule en liesse salue bruyamment l'arrivée de l'artiste peintre viennois raté devenu l'homme providentiel de l'Allemagne. Les SA lâchent leurs chopes. Ils se lèvent d'un bond, comme électrifiés. Ils vocifèrent. Une forêt de bras qui se tendent pour le salut nazi.

Sur la galerie qui court le long de la salle, on se penche pour voir le Guide. Les SA veulent admirer l'homme qui va les venger de la défaite de 14-18, du « coup de poignard dans le dos » donné par « la juiverie » et les « rouges ». L'obscur agitateur de brasseries est devenu un tribun adulé, un devin, une idole infaillible, un surhomme. Après avoir trinqué avec de l'eau gazeuse Fachingen contre les chopes de bière de ses vieux camarades, Hitler se dirige vers l'estrade sous des acclamations frénétiques. Une longue ovation, un grondement puissant s'échappent de milliers de poitrines. Les SA saluent leur nouveau prophète au charme hypnotique. Légions de bras tendus, grandes vagues de « *Sieg Heil ! Sieg Heil !* », « Salut ! Salut à la victoire ! ».

Hitler monte sur le podium. En main, il tient son discours tapé en gros caractères « Führer-Type ». Il ne porte jamais de lunettes en public même s'il a une mauvaise vue. Il ne veut pas que cela se sache. Avant d'entrer en scène, comme un comédien dans un cabaret, il a lissé ses cheveux, rajusté sa veste grise et son brassard rouge à croix gammée. À gauche du podium, un SA monte la garde, debout, jambes écartées, main au ceinturon, sourire béat aux lèvres. Dans un silence religieux, l'oracle regarde longuement la foule de ses yeux aux éclats métalliques d'une fixité étrange. Avant d'entamer son discours, il adopte une pose méditative. Il fixe son auditoire. La salle plonge brusquement dans le silence religieux d'une crypte. Raclements de gorges, toux étouffées, chaises qui grincent. Il est 20 h 08 ce mercredi 8 novembre 1939 quand Hitler commence à parler. Son visage si ordinaire, aux traits insignifiants, s'anime, se colore. Ses narines palpitent, ses yeux lancent des éclairs. C'est une figure pleine d'une énergie féroce, de « tempête et d'assaut ». C'est un visage de forcené, presque de possédé.

— Camarades du parti, compagnes du parti ! Mes camarades du peuple allemand !

Dans son dos, dans le pilier recouvert d'une grande bannière noire et rouge à croix gammée, le tic-tac mortel de la bombe de Georg Elser bat les secondes. Elle est réglée pour exploser vers 21 h 20. Hitler n'a jamais quitté la brasserie avant 22 heures.

Sur le podium, petite moustache peignée en carré impeccable, sanglé dans son uniforme, sa raie pâle qui partage ses cheveux, Hitler use de son pouvoir quasi magique de persuasion. Il a lu la *Psychologie des foules* de Gustave Le Bon. Pour conquérir les masses, il sait qu'il ne faut pas s'adresser à la raison, mais aux émotions. Qu'il ne faut pas argumenter, mais séduire, frapper les esprits, les imaginations. Il est d'une éloquence brutale, farouche, efficace. Délibérément, il parle d'abord d'une voix contenue, en marquant d'étranges pauses. Son auditoire botté, aux visages de pierre, est suspendu à ses mots, à ses silences. Soudain, brassant l'air de ses bras, le Führer lance une charge furieuse, passionnée et menaçante contre les

Anglais. Comme s'ils étaient ses seuls ennemis, comme si ce n'était pas lui qui allait déclencher une nouvelle guerre mondiale.

— Car quel peuple a été plus bassement dupé et trompé que le peuple allemand par les hommes d'État anglais ?

Il enchaîne :

— Nous seuls pouvons vaincre ! Si M. Churchill ne croit pas cela, je le mets sur le compte de son grand âge. D'autres aussi ne l'ont pas cru. Les Polonais par exemple !

Marqué par des salves de rires, des tonnerres d'applaudissements, le discours du Messie nazi s'enfle. Son ton monte, ses yeux brillent d'une lueur sauvage. Il transpire, il s'échauffe, il s'embrase. Il explose. Il emporte son auditoire, marquant ses paroles de gestes virulents. Sa voix chaude et rocailleuse se fait tranchante et farouche :

— Messieurs, faites en sorte de reprendre le chemin de la Tamise sinon nous pourrions vous y aider !

Il exalte, bravache, la bravoure :

— Nous leur dirons le reste dans une langue qu'ils comprennent vraisemblablement encore.

Méprisant, Hitler se moque des Britanniques. Il tire à boulets rouges :

— Je crois qu'un seul Allemand, mettons Beethoven, a fait plus pour la musique que tous les Anglais réunis.

Rires gras dans la salle.

En s'en prenant aux Britanniques, le Führer veut sans doute justifier sa prochaine offensive à l'Ouest. Initialement prévue pour le 12 novembre, elle a été reportée à cause du mauvais temps. Le commandement de l'armée traîne aussi les pieds. Craignant une guerre généralisée, les militaires fomentent même un putsch, assez mollement. Le lendemain, le 9 novembre, à 18 heures, Hitler doit tenir une réunion à Berlin avec l'Oberkommando der Wehrmacht, l'OKW, le commandement de la Wehrmacht, au sujet de cet assaut à l'Ouest. Il doit donc absolument rentrer le soir même à Berlin. Le Führer a démarré son discours de façon sinueuse. Il trouve son rythme en stigmatisant « les tricheurs » britanniques. Il parle des sacrifices que les Allemands doivent faire pour combattre leurs perfidies. Il utilise le mot « haine » dix-huit fois en quelques minutes. Il martèle :

— L'Allemagne que nous avons connue autrefois était, Dieu le sait, toute autre chose que national-socialiste. Elle était démocratique, cosmopolite. Elle croyait aveuglément les assurances des hommes d'État britanniques. Cette Allemagne a eu confiance, elle s'est désarmée elle-même, elle s'est déshonorée elle-même. Elle n'a été que très justement trompée, leurrée. De la détresse qui en découla est venu notre mouvement. Du plus grand parjure de tous les temps est venu le honteux diktat de Versailles. Vous savez, mes chers camarades de combat, comment justement de ce lieu même, je vous l'ai expliqué à différentes reprises.

Au verbe, Hitler allie les expressions du visage ainsi qu'une rhétorique gestuelle d'orateur antique. Il alterne les poses : combative, impérative, ironique ou visionnaire. Comme un comédien se mettant lui-même en scène, il multiplie les effets, les gesticulations ; bras levés, poings serrés, index tendu ; les mimiques exaltées de son visage, moue volontaire, yeux exorbités ou mi-clos, rêveurs, bouche hargneusement ouverte, lèvres esquissant un sourire ironique. Il marque une pause avant de s'attaquer avec virulence au « traité scélérat » de Versailles :

— Plus de 440 articles dont chacun est une offense et un acte de violence à l'égard d'une grande nation. La misère et le désespoir s'emparèrent alors de notre peuple. Puis vinrent les années d'inflation, du rapt de toutes les possibilités d'existence, le temps du grand chômage, d'innombrables suicides. De cette grande détresse est sorti le mouvement national-socialiste et il a dû prendre dès le premier jour de lourdes décisions. L'une de ces décisions fut la révolte du 8 novembre 1923. L'issue en fut apparemment contraire, mais des victimes est venu le salut de l'Allemagne. Seize morts !

Comme toujours, son discours est savamment calculé. Accessible, il ne contient qu'un nombre réduit d'idées et d'informations. Hitler les martèle de façon répétitive. Il les enfonce dans les cerveaux, tantôt sur un ton déclamatoire, tantôt incantatoire. Sa voix dure se fait alors stridente. Le Führer fait monter la tension, il électrise la salle :

— Mais des millions de vivants se sont dressés grâce à eux. Le mouvement national-socialiste a commencé sa marche triomphale ! Depuis, l'Allemagne est devenue une puissance mondiale grâce à notre mouvement !

Prête à la « guerre totale », au sacrifice, la foule se dresse, applaudit à tout rompre. Hitler jugera ce discours si essentiel pour préparer l'opinion publique à la guerre avec l'Angleterre qu'il le fera imprimer à trois millions d'exemplaires et distribuer partout en Allemagne.

Au milieu de sa harangue, un émissaire est venu glisser au Führer un billet de Göring. Celui-ci lui rappelle son rendez-vous du lendemain matin avec l'armée à Berlin. Hitler doit se dépêcher, partir à la gare. Il reprend son allocution qui ondule puis s'enflamme. « *Sieg Heil ! Sieg Heil !* » Comme prise d'une extase patriotique, d'un orgasme nationaliste, la foule envoûtée, en délire, se lève en criant pour une formidable ovation. Hitler fait un triomphe. Il est 20 h 58. Il n'a parlé que pendant quelque cinquante minutes. C'est moitié moins que ses deux heures habituelles. Accompagnée de la fanfare, grisée d'enthousiasme, saoule de mots, la salle chante de façon agressive et heurtée, « *Deutschland über alles* ». Puis suit, pour conclure, dans un colossal beuglement, l'hymne de la SA, un *Horst-Wessel-Lied* mêlé de vivats et d'acclamations.

Il est 21 h 07. Sous un tonnerre d'applaudissements, près d'une heure en avance sur son horaire habituel, Hitler quitte la salle avant même la fin de l'hymne national. Il est de très bonne humeur. Il n'a pas le temps de s'attarder aux tables, comme à son habitude. Il ne salue pas les familles des « martyrs » de 1923, ni les « Vieux Combattants » pour parler du bon vieux temps. Le Führer serre quelques mains puis, à toute allure, file avec son escorte vers la gare monumentale de Munich. Prise de court, la serveuse n'arrive même pas à encaisser les bières. Il est 21 h 24 quand Hitler arrive à la München Hauptbahnhof. La *Bürgerbräukeller* se vide. Il ne reste qu'une centaine de personnes. Seuls quelques « Vieux Compagnons » enivrés d'alcool et de nationalisme s'attardent avec leur verre dans la grande salle pendant que les serveurs débarrassent.

Chapitre 14
La déflagration

Coup de tonnerre incandescent à la *Bürgerbräukeller*. Il est 21 h 20. Hitler n'est parti que depuis treize minutes. Un flash, une immense flamme qui jaillit comme un éclair du pilier de la grande salle. Un sifflement qui déchire l'air. Une terrible déflagration secoue le bâtiment, ravage la brasserie. Un souffle qui emporte tout, qui balaye le podium de l'orateur, le crible d'éclats. Frappés de stupeur, gestes pétrifiés, les attardés sont soulevés, projetés. Ils sont catapultés plusieurs mètres en arrière. Maria Strobl, la serveuse qui n'avait pas réussi à encaisser les bières de la table d'Hitler, se trouve près du pilier. Elle tient une dizaine de chopes dans les mains. L'explosion la projette à travers la porte d'entrée, hors de la salle. Elle a un tympan percé. La galerie de la brasserie se met à osciller si fortement qu'une serveuse, comme perchée sur une balançoire, part à la renverse. Les murs tremblent, l'air vibre, les vitres éclatent. Les cinq lustres s'écrasent par terre. Le hall bascule dans l'obscurité. Il est envahi de lourdes volutes de poussière grise. Dans un fracas assourdissant de craquements sinistres, le plafond, la galerie, les piliers ainsi qu'un mur de 15 m de long se lézardent. Ils se brisent puis s'effondrent.

La salle est dévastée, éventrée, béante. Tout est sens dessus dessous. Un enchevêtrement de tonnes de débris informes étouffe les survivants. Un épais nuage de poussière les aveugle. Ombres plongées dans les ténèbres, ils ont été jetés à terre. Ils sont rendus sourds par l'explosion. Seuls ceux qui ont été projetés sous les tables sont protégés de la chute des débris. Un épais silence retombe. Puis ce sont des hurlements de douleur, des cris : « À l'aide ! »

Ils résonnent dans la salle effondrée aux murs fendus, à la charpente décapitée. Le podium et le pupitre où se trouvait Hitler quelques minutes plus tôt ont été fracassés. Ils sont ensevelis sous des tonnes de gravats. Près de trois mètres de pierres, de plâtre, de briques et de poutres de bois brisés, de poutrelles d'acier tordues. Ils auraient écrasé le Führer. Pour que l'Histoire bascule, il s'en est fallu de seulement treize minutes.

Georg Elser a placé sa bombe au meilleur endroit pour détruire le hall. Il a réalisé un véritable exploit technique. Tables, chaises, portes, fenêtres sont déchiquetées, broyées, pulvérisées. Montagne de poutres, de planches, fouillis de câbles, de boiseries. Magma de plâtre et de briques, de tables et de chaises disloquées, de chopes de bière brisées. Toussant, crachant, gémissant de peur et de douleur, mouchoirs sur la bouche, des fantômes rampent, râlent, titubent, trébuchent, suffoquant parmi les débris. Visages noircis, couverts de plâtre et de sang, ils sont hébétés, hallucinés, désorientés. Frappés de stupeur, aveuglés, rendus sourds par l'explosion, ils tâtonnent dans la poussière hors du chaos, vers la sortie. Ça sent la poudre, la bière, le bois brûlé, la chair humaine calcinée et la terreur.

Du plafond, en partie effondré, pendent des morceaux de plâtre. Le rideau de poussière grise se pose enfin. On aperçoit la lumière lugubre du ciel à travers le toit éventré. Tout le monde pense d'abord à un assaut aérien. Effrayés par le nuage de poussière et des résidus de l'explosion, les rescapés redoutent une attaque au gaz. Ils craignent une autre explosion. Dans la peur et la confusion, quelqu'un se met à hurler : « Tout le monde dehors ! »

C'est une débandade, une panique noire, une ruée désordonnée vers l'air libre. Sur les quelque cent vingt personnes encore présentes dans la salle de bal, soixante-dix sont ensevelies sous les décombres. De sous l'éboulis montent des plaintes sourdes, des râles rauques, des cris assourdis, des gémissements étouffés et des voix implorantes.

Deux nazis ont été tués sur le coup ainsi qu'une serveuse occasionnelle, Maria Henle. Âgée de 30 ans et mère de deux enfants de trois et neuf ans. C'est la seule victime « civile ». Cinq autres nazis mourront dans les heures suivantes à l'hôpital. Une autre victime succombera à ses blessures cinq jours après l'explosion. Sept morts en tout. Il y a aussi soixante-trois blessés, dont seize graves. Les victimes sont déterrées à la hâte de sous les gravats. Des infirmières se précipitent, donnent des soins d'urgence. Elles font des bandages aux blessés prostrés, hébétés. Bientôt, malgré la cohue et les cris, il est clair qu'il ne s'agit ni d'une attaque au gaz empoisonné, ni d'un bombardement aérien. C'est un attentat à la bombe contre le Führer. Un crime contre l'Allemagne !

Après la confusion initiale, une voix crie :

— Fermez tout. Personne ne sort d'ici !

L'alerte est lancée. La chasse a commencé. Georg Elser est loin. Dans le désordre, dans un grouillement d'uniformes, c'est le branle-bas de combat. Sirènes hurlantes, ambulances, camions de pompiers, véhicules de police arrivent à toute allure. Casques de combat en acier sur la tête, la Gestapo boucle la scène du crime avec l'aide des SS et des SA. Dans le quartier secoué par l'explosion, les rumeurs enflent. Des SS hurlent qu'il est interdit de fumer. On craint une nouvelle explosion, mais due au gaz de ville. Les communications téléphoniques interurbaines sont bloquées. La police dresse des barrages sur les routes autour de Munich pour arrêter les assassins. Comme une prière, comme une incantation, tout le monde se met à psalmodier quatre mots : « Le Führer est vivant ! Le Führer est vivant ! »

Hitler est arrivé avec cinq minutes d'avance à la gare de Munich. Il ignore que la *Bürgerbräukeller* est en ruine, qu'il a échappé de très peu à la mort. À 21 h 31, il part avec sa suite pour Berlin. Le « simple caporal » n'a qu'une douzaine de valises. Il monte à bord du *Führersonderzug*. C'est un train spécial composé de seize wagons dont une voiture-salon, une autre pour la salle de bains, un wagon de combat, de transmission, etc. Le convoi s'enfonce à toute vapeur dans la nuit et le brouillard. Dans la *Führerwagen*, la voiture réservée à son usage, Hitler est animé et spirituel, comme après chaque réunion réussie. Goebbels conduit aussi avec entrain la conversation. Elle roule, comme souvent, sur le *Kampfzeit*, le « temps du combat », le glorieux temps d'avant la prise de pouvoir de 1933. On se réjouit aussi de la *Blitzkrieg*, la « guerre éclair » menée en un mois contre la Pologne. Le Führer boit de l'eau minérale comme à son habitude. Son entourage tourne aux alcools forts. On s'enivre au schnaps, on s'intoxique à la victoire.

Lors de l'arrêt à Nuremberg, Goebbels descend du train. Il doit envoyer des messages. Il apprend par télétype la nouvelle de l'explosion. Sous le choc, il revient vers le train, blanc comme un linge. D'humeur enjouée, Hitler ne le croit pas. Quand il lui parle de l'attentat, le Führer pense que c'est encore l'une des farces macabres de son malicieux ministre de la Propagande. Car dans l'entourage du dictateur nazi, parler d'un attentat est une discussion courante. Le Führer, qui aime aller à la rencontre de ses admirateurs, ignore souvent que des mesures de sécurité sont prises. Hitler comprend que Goebbels ne plaisante pas. Son visage se fige. Il lâche juste :

— Un homme doit avoir de la chance.

Hitler téléphone à Munich pour vérifier la nouvelle. D'une voix tranchante et rauque d'émotion, yeux bleus étincelant d'éclats mystiques, il s'exclame alors :

— Si j'ai quitté la *Bürgerbräukeller* plus tôt que d'habitude, c'est que la Providence veut que mon destin s'accomplisse !

Le mythe de la Providence le protégeant est né. Il fait prendre des nouvelles des blessés. Le train repart pour Berlin. Voilà que le Führer assure qu'une voix intérieure lui a parlé à la brasserie, lui a dit d'en partir au plus tôt. Dans le train d'acier qui fend la nuit et l'épais brouillard, l'atmosphère est trépidante, électrique. Personne ne dort. Comme galvanisé, on lance la chasse au coupable.

Obsédé par l'Angleterre, encore débordant du venin de la haine contre les Anglais qu'il a distillé lors de son discours, le Führer pense aussitôt que les services secrets britanniques sont derrière l'attentat. Quant à l'ennemi communiste, paralysé par le Pacte germano-soviétique d'août 1939, il le soupçonne à peine. Hitler suspecte aussi Otto Strasser, auquel il voue une haine farouche. Otto Strasser et son Schwarze Front, le « Front noir », c'est l'aile gauche du parti nazi. Elle est entrée en rébellion, se bat contre le Reich depuis l'étranger. Leader historique de la gauche du NSDAP, le frère d'Otto Strasser, Gregor Strasser, a été assassiné dans sa cellule au sous-sol de la Gestapo, il y a quatre ans, en juin 1934, lors du bain de sang de la nuit des Longs Couteaux. L'agence de presse nazie Deutsches Nachrichtenbüro, la DNB, va broder sur cette version fantaisiste. Elle assurera même que Georg Elser s'est rendu à Zurich pour rencontrer Otto Strasser, « son employeur ». Ce dernier est alors expulsé de Suisse dans les quatre heures. Réfugié à Paris, il dément toute implication dans l'attentat de la brasserie. Il se dit cependant très honoré d'être accusé par la Gestapo.

Personne n'imagine alors en Allemagne qu'un attentat de cette ampleur puisse avoir été organisé par un homme seul. Le complot international devient la thèse officielle. Dans la version finale nazie, Georg Elser sera « l'exécutant », le nazi dissident Otto Strasser « l'organisateur » et les services britanniques « les commanditaires » et « financiers » de l'attaque de la brasserie. Avant même que son train n'arrive à Berlin vers 10 h 20 du matin, Hitler donne des ordres. Il exige que deux officiers des services britanniques soient enlevés dès le lendemain aux Pays-Bas, à Venlo, petite ville frontalière aux rues étroites. Ces agents du Special Intelligence Service, le SIS, croient avoir rendez-vous avec des dissidents de l'armée allemande complotant contre le Reich. Ils ne savent pas qu'ils ont en fait affaire à des agents nazis sous couverture.

Chapitre 15

L'incident de Venlo

Par un matin terne et froid, au ciel couvert et menaçant, Payne Best arrive tôt à son bureau de La Haye. Cet agent du SIS britannique a prévenu sa femme qu'il ne serait peut-être pas rentré pour le dîner. Il ne va pas revenir chez lui avant longtemps, avant très longtemps. Son collègue, l'agent Richard Henri Stevens, a apporté deux Browning automatiques. Il lui en tend un. Les deux hommes chargent les armes, les fourrent dans leur poche. Juste au cas où. La rumeur plane que l'armée allemande pourrait envahir d'un instant à l'autre une Hollande qui, pourtant, s'est déclarée neutre. Le ciel est chargé de nuages prêts à éclater. La presse néerlandaise du matin fait ses titres sur la tentative d'assassinat d'Hitler la veille au soir dans une brasserie de Munich. L'agent Payne Best se demande si ses contacts, des opposants de l'armée allemande, sont impliqués dans cet attentat à Munich. Il a rendez-vous avec eux ce 9 novembre 1939 à 16 heures, près de la frontière allemande, dans un café à Venlo.

Aujourd'hui, c'est un grand jour pour Best et Stevens. Car l'une des sources clandestines des agents britanniques dans la Wehrmacht, le capitaine Schämmel, leur a promis qu'ils allaient enfin rencontrer un important et mystérieux général opposant à Hitler. Naïfs, les deux agents du SIS ne se doutent pas une seconde que leur « capitaine Schämmel » n'existe pas. Il s'agit, sous couverture, du major Walter Schellenberg, du service de contre-espionnage de la Sicherheitsdienst, la SD, les services secrets de la SS. Pour cette opération risquée, Schellenberg s'est adjoint le *SS-Sturmbannführer* Alfred Naujocks, « l'homme qui a déclenché la Seconde Guerre mondiale ».

Naujocks est un habitué des opérations « spéciales ». C'est lui qui en janvier 1935 a été chargé d'éliminer une radio clandestine hostile à Hitler opérant depuis la Tchécoslovaquie sous la coupe du Front noir du dissident nazi Otto Strasser. Naujocks est parvenu à détruire l'émetteur radio. Il a aussi abattu son opérateur, Rudolf Formis. C'est lui aussi qui, le 31 août 1939, a mené l'opération secrète ayant servi de prétexte à l'invasion de la Pologne. Sous sa direction, un commando nazi, déguisé avec des uniformes polonais, a simulé une prétendue attaque polonaise contre un émetteur radio à Gleiwitz, à la frontière allemande. Une « conserve », c'est-à-dire le cadavre d'un Polonais, a été abandonnée sur place, comme « preuve » de l'attaque polonaise. Saisissant ce motif monté de toutes pièces, la Wehrmacht a envahi la Pologne le lendemain. Le 3 septembre, la France et le Royaume-Uni ont déclaré la guerre à l'Allemagne. C'était le début de la Seconde Guerre mondiale.

Tôt ce matin du 9 novembre, le jeune, féroce et brillant Schellenberg a reçu un ordre d'Himmler. Il doit lancer une nouvelle « opération spéciale » : l'enlèvement à Venlo en Hollande des agents britanniques Best et Stevens. Ils seront ensuite accusés d'être les instigateurs de l'attentat contre Hitler à la brasserie *Bürgerbräukeller*. À 3 h 30 du matin, Himmler avait réveillé Schellenberg par sa ligne directe :

— Savez-vous ce qui s'est passé ?

— Non, monsieur le Reichsführer !

— Après le discours du Führer à la brasserie, une bombe a éclaté. Plusieurs vieux camarades du parti ont été tués. Il ne fait aucun doute que les services britanniques sont les instigateurs de cet attentat. Le Führer était avec moi dans le train quand la nouvelle nous est parvenue. Arrêtez les agents britanniques ! Emmenez-les en Allemagne ! La violation de frontière est sans importance. Le détachement prévu pour votre sécurité vous aidera à accomplir votre mission.

— Mais monsieur le Reichsführer...

— C'est un ordre du Führer !

Dirk Klop est le jeune lieutenant des services secrets néerlandais qui assiste les deux agents britanniques. Retenu au bureau par ce début de journée agitée, il arrive en retard. Les trois hommes se pressent de partir pour Venlo. Jan Lemmens, le chauffeur de Best, les accompagne. Il ramènera la voiture si les agents décident de rentrer en train. Ralentis par des barrages sur la route, les quatre hommes arrivent en vue de la frontière vers 15 h 30. Les deux Britanniques sont à l'avant. Le chauffeur et l'agent néerlandais Klop à l'arrière. Et Best au volant. Tout semble calme. Sous le capot dans la grande Ford Lincoln-Zephyr rouge V-12 de Best, le moteur de douze cylindres ronronne. Au bout de la grande rue, on ne voit qu'un garde-frontière allemand qui fait les cent pas. Sur la route, devant le café *Bacckus* où ils ont rendez-vous, une petite fille joue à la balle avec un gros chien noir. À moins de cent mètres de là, la barrière rayée de noir et blanc de la frontière est levée. Nerveux, Best a ralenti. À l'arrière, le lieutenant Klop lui lance :

— Allez-y, tout va bien !

La voiture passe devant le café. Elle se gare sur le parking.

Dans la véranda du restaurant *Bacckus*, le faux « capitaine Schämmel » les attend. Il a commandé un apéritif puis un café très fort. Nerveux, le SS fait un signe aux Britanniques. Comme s'il voulait leur indiquer que l'oiseau rare, l'important général allemand comploteur, se trouvait à l'intérieur. Stevens sort de la voiture par la droite. Best coupe le moteur, il ouvre sa portière. Soudain, tout s'emballe. Rugissement d'un moteur, hurlement de pneus, claquement de tirs, des tirs, et encore des tirs. Chargée d'hommes armés de pistolets automatiques, une grande décapotable a défoncé la barrière de la frontière. Les hommes lâchent des rafales juste au-dessus des têtes des agents britanniques. Le véhicule fonce pleins gaz sur la voiture des agents du SIS. Dans un grand jet de graviers, elle s'arrête. Elle bloque la Ford des Anglais, pare-chocs contre pare-chocs. Quatre hommes du Sonderkommando, une unité spéciale SS, ont sauté des marchepieds du cabriolet encore en marche. Ils crient :

— Haut les mains !

Armes braquées sur la tête, les Britanniques sont menottés.

Le lieutenant Dirk Klop a réussi à bondir hors de la voiture. Il braque sur Schellenberg un gros pistolet d'ordonnance. Puis il ouvre le feu sur la décapotable allemande. Un de ses tirs fait exploser le pare-brise. Les Allemands répliquent. Klop tente de s'échapper. L'agent néerlandais se met à courir. Il se précipite vers la route tout en tirant vers les ravisseurs. Il court les bras tendus, gracieusement, comme un danseur de ballet. Les SS le mettent en joue, posément. Touché à la tête, Klop fait quelques pas supplémentaires. Il trébuche, il vacille. S'affaisse sur ses genoux. Puis s'effondre mollement dans l'herbe. Il ne bouge plus. Deux hommes du commando le traînent par les bras. Ils le chargent dans leur voiture. Il va mourir le jour même à l'hôpital de Düsseldorf.

— Maintenant, en marche ! crient les ravisseurs.

Ils enfoncent le canon de leurs armes dans le dos des deux agents britanniques. Aux cris de « Hop ! Hop ! Hop ! », les hommes du SIS sont rapidement poussés vers la frontière. La barrière rayée noir et blanc se referme derrière eux. Ils sont prisonniers en Allemagne nazie.

Les agents Best et Stevens sont envoyés à Berlin pour y être questionnés. Même les interrogatoires « poussés », ordonnés par Hitler lui-même, ne donnent rien. Les agents britanniques ne parlent pas. Ils ne savent rien du « complot » de la *Bürgerbräukeller*. Ils sont transférés au camp de concentration de Sachsenhausen, près de Berlin. Ils y sont détenus, séparément, à l'isolement, dans le bâtiment réservé aux « prisonniers protégés ». C'est aussi celui où Georg Elser sera enfermé. Les Britanniques ne seront libérés par l'armée américaine qu'en mai 1945.

Après le raid de Venlo, Hitler jubile. Il a fait coup double. D'abord il accuse Londres de l'attentat de la brasserie. Il annonce que Georg Elser et les deux officiers britanniques seront jugés ensemble pour ce crime. Ensuite, il utilise l'incident de Venlo. Il accuse les Pays-Bas d'avoir violé leur neutralité. Il en veut pour preuve la présence d'un agent néerlandais aux côtés des « comploteurs » du SIS. C'est grâce à cette prétendue conspiration anglo-hollandaise que le Führer va justifier l'invasion des Pays-bas en mai 1940, en violation de sa neutralité. Cette invasion est bientôt suivie de celle de la Belgique puis de la France. L'action commando audacieuse de Schellenberg sera récompensée. Il deviendra chef de l'espionnage nazi. Lui et son assistant Alfred Naujocks reçoivent la Croix de fer des mains même du Führer. Parce qu'il a si bien réussi, il charge alors Schellenberg d'une nouvelle mission, assez fantaisiste, qui va échouer : enlever au Portugal le duc de Windsor afin de persuader l'ex-roi Édouard VIII d'Angleterre de collaborer avec lui.

Chapitre 16
L'enquête

Dès la nuit de l'attentat, à Berlin, Himmler, chef de toutes les polices du Reich, a lancé les investigations. Dans les décombres de la brasserie *Bürgerbräukeller*, les enquêteurs contemplent l'étendue du désastre. Pour éviter qu'elle ne s'effondre, la salle éventrée doit être étayée avec de grosses poutres. Dans les gravats, les policiers trouvent des morceaux de laiton suspects. Ils ramassent aussi des fragments de ressorts en spirale, des débris de détonateur. Dès 4 heures du matin, les experts en explosifs de la Kripo de Munich donnent leurs premières conclusions. Une bombe à retardement, avec une charge explosive de huit à dix kilos, a été placée à l'intérieur du pilier porteur central, au niveau de la galerie. La charge a été « confinée » et compressée, ce qui a décuplé la force de l'explosion. Celle-ci équivaut à quelque 50 kilos d'explosifs. Les spécialistes en tirent une conclusion : l'attentat a été préparé avec une bombe à retardement. Ils la baptisent *Höllenmaschine*, « machine de l'Enfer ». Ils jugent sa construction diabolique. Elle ne peut être que l'œuvre d'un « travailleur supérieur ».

À la *Bürgerbräukeller*, les recherches se poursuivent. Une quarantaine d'apprentis de la Guilde des horlogers de Munich ont proposé leur aide. Ils fouillent méticuleusement les décombres de la brasserie. Ils découvrent plus de 300 morceaux de cuivre et autres métaux. Dans les gravats, ils retrouvent aussi des débris de boîtiers des horloges. Ils portent le nom du fabricant. On pourra sans doute remonter à l'acheteur. D'entrée, la police arrête et interroge le gérant. Elle détient également les 50 employés de la brasserie. Le propriétaire de la *Bürgerbräukeller* va rester trois mois sous les verrous. Les curieux et les badauds qui ont été attirés par l'explosion sont eux aussi embarqués. Tout comme les Lehmann, les logeurs de Georg de la Türkenstrasse, vont être perquisitionnés et mis en détention. La vague d'arrestation commence pendant la nuit de l'attentat. Elle va durer des semaines et toucher plus de 1 000 personnes. Aux frontières, près de 120 individus sont interpellés cette nuit-là. On incarcère ce qui reste de communistes connus encore en liberté. Tous ceux que la Gestapo considère, même sans l'ombre d'une preuve, comme « impliqués » sont emprisonnés.

Himmler offre une prime de 500 000 marks pour tout renseignement menant à la « capture des coupables ». Des « sources privées » y ajoutent 100 000 marks. À Berlin, le Reichssicherheitshauptamt, le RSHA, le bureau central de la sécurité du Reich, établit un catalogue avec tous les suspects. Le pays vit à l'heure de l'attentat. Hitler semble même en oublier pour un temps ses plans d'invasion à l'Ouest. Toutes les communications sur l'affaire de la brasserie deviennent prioritaires. Les dénonciations sont si nombreuses que la Gestapo est submergée. Officiellement les Allemands sont tous horrifiés par l'attaque. Ils sont debout comme un seul homme derrière leur Guide sauvé par la Providence. Une vague d'indignation semble traverser le pays. Des commerçants affichent dans leur vitrine le portrait de leur Führer. Ils le veulent « aussi invulnérable que Siegfried », le prince guerrier, le héros légendaire de la mythologie nordique. Certaines femmes allemandes semblent avoir moins confiance en l'avenir. Un rapport de la SD, le service de renseignements de la SS, souligne l'augmentation, à cette époque, du nombre d'avortements et de fausses couches. Car des rumeurs alarmistes volent : des dignitaires nazis ont été blessés ou tués, Göring va remplacer Hitler...

Beaucoup adhèrent à la version officielle. Ils croient au complot britannique. D'autres penchent pour une manipulation de la Gestapo. Ou bien une machination du régime, voire pour « un coup de la clique de Göring ». La majorité se tait, elle baisse la tête. Certains dissimulent, plus ou moins bien, une *Schadenfreude*, une joie maligne. À Berlin, quelqu'un a collé un message sur une porte d'entrée : « Chrétiens, rappelez-vous du Sermon sur la Montagne : déclarez la guerre à la guerre ! » Pendant quelques semaines, une vague paranoïaque de répression s'abat sur tous ceux qui ne se conforment pas à la ligne nazie. Un postier, membre du parti, est même arrêté, puis vite relâché. Quelqu'un, qui comprend mal son dialecte, a cru l'entendre dire qu'il ne se serait pas plaint de la mort d'Hitler.

Ceux qui se réjouissent ouvertement sont arrêtés. Wilhelm Jung est un aubergiste de Neukirchen, un vétéran de 14-18, ancien de la SD de la SS. Mais il clame tout haut dans son restaurant que si l'assassin de la *Bürgerbräukeller* était assis à son bar, personne ne le livrerait. C'est lui qui est dénoncé. Malgré les supplications de sa femme, il maintient ses déclarations. Invalide de guerre, malade, âgé de 60 ans, il est condamné à deux ans de prison, transféré en camp de concentration. Il meurt à Auschwitz en

1942. Au camp de Buchenwald, dès qu'ils apprennent la nouvelle de l'attentat de la *Bürgerbräukeller*, les gardes *SS-Totenkopfverbände*, « tête de mort », se vengent. Dans une carrière, ils exécutent vingt et un prisonniers juifs d'une balle dans le dos.

Himmler, le chef de « l'ordre noir », de la SS et de toutes les polices du Reich, a mis sur pied une « commission centrale attentat de Munich ». Elle siège au QG de la Gestapo de Munich, au 50 Brienner Strasse, dans le palais néogothique des Wittelsbach. Cette commission est placée sous les ordres d'Arthur Nebe, l'implacable chef de la Kripo, la police criminelle. Responsable de l'enquête sur « l'attentat scélérat » de la brasserie, Arthur Nebe finira pendu en 1944. Il était lui-même impliqué dans un complot contre le Führer. C'est Hitler qui a exigé que le minutieux Nebe soit chargé des investigations. Le Führer n'a confiance ni en la Gestapo, ni en la SS pour réunir des informations fiables et détaillées. Nez large, yeux de renard globuleux, sourcils épais, cheveux de cendre, visage dur et impassible, Nebe est un policier de glace. C'est un « pro » amateur de films de gangsters, tout en étant chaudement nazi. La « Commission spéciale » comprend une *Tatorkommission*, la commission des lieux du crime, dirigée par le criminaliste Hans Lobbes. Elle compte aussi une *Täterkommission*, une commission des « coupables ». Celle-ci est placée sous la direction du *SS-Obersturmbannführer* Franz Josef Huber, le chef de la Gestapo à Vienne. Cet ancien enquêteur criminaliste est un ami du très redouté chef de la Gestapo, Heinrich Müller, *alias* « Gestapo Müller ».

Dès le 9 novembre au matin, Arthur Nebe arrive par avion de Berlin avec six officiers de la Kripo. Déjà, il nourrit en secret des ressentiments contre le Führer. Il a des contacts avec des rebelles de la Wehrmacht. Il craint que l'attentat de la *Bürgerbräukeller* ne soit l'œuvre de ces officiers de l'état-major opposés à la guerre qui pointe à l'Ouest. D'autant plus qu'il a entendu à la radio que les explosifs de la *Bürgerbräukeller* seraient britanniques. Comme les charges que l'armée allemande a l'intention d'utiliser contre Hitler. Arthur Nebe se demande cependant si l'attentat n'est pas le résultat d'un conflit interne dans le parti nazi. Quoi qu'il en soit, il penche pour un complot.

Heinrich Müller, le chef de la Gestapo, a également l'intention d'avoir la main sur l'enquête. Arthur Nebe n'a pas encore atterri à Munich à 11 heures du matin que Müller a déjà téléphoné pour ordonner d'être tenu au courant de tout. Malgré l'obsession d'Hitler pour un complot britannique, Nebe apprend vite que les explosifs identifiés à la brasserie sont allemands. Ils ne pointent pas vers un coupable de l'étranger. Le mystère de l'explosion est vite résolu. Les plaques de laiton ont été retrouvées dans les décombres de la brasserie, portant leurs numéros de brevet. Et ce sont celles d'horloges allemandes fabriquées de la Forêt-Noire. Bientôt une autre vérité gênante apparaît, vite enterrée. Elle explique que, malgré la longue préparation de l'attentat, la bombe n'a pas été détectée. Il n'y avait aucun service de sécurité pour surveiller la *Bürgerbräukeller.* Il n'y avait aucune inspection sérieuse de ce temple du nazisme. Josef Gerum, le chef des *Alter Kämpfer* de Munich, auxquels Hitler lui-même avait confié la sécurité de la brasserie, n'est arrivé qu'une heure avant l'entrée du public. Il s'est contenté de patrouiller dans le hall.

À cette époque, la sécurité du Führer repose essentiellement sur deux mythes. Première chimère : il est protégé par Dieu qui l'a envoyé sur terre pour sauver l'Allemagne. Bien que peu adepte des théories occultistes en vogue dans les cercles nazis, Hitler a aussi forgé une légende. Il possède un « sixième sens » qui lui permet de détecter à l'avance toute tentative de l'assassiner. Second mythe : sa police secrète, la Gestapo, est infaillible, invincible et omnisciente. En réalité, cette police fonctionne essentiellement grâce aux dénonciations. Personne n'a donc pensé à surveiller la brasserie. Personne n'a pensé non plus, surtout pas Hitler lui-même, qu'un simple et « véritable » Allemand comme Georg Elser pouvait faire une chose pareille.

Alors pendant quelque temps, personne ne s'intéresse à Georg Elser. Même après son transfert à Munich, il est considéré comme un simple déserteur. Un petit poisson qui a voulu fuir en Suisse. Il l'a avoué et il a l'air inoffensif. On cherche un « agent étranger », pas un « bon Allemand » comme lui. On l'oublie dans sa cellule. Trois jours après l'attentat, le 12 novembre, les choses se gâtent pour l'ébéniste de Königsbronn. Il est confronté au personnel de la brasserie. Les employés de la *Bürgerbräukeller* l'identifient aussitôt comme un client régulier. Ils se souviennent d'un détail très suspect pour un habitué : Elser ne commandait que très peu à boire, juste une bière avec son repas.

Maria Strobl, la serveuse que l'explosion avait projetée hors de la salle, se souvient même très bien de Georg, car certains soirs il ne buvait rien. Le gérant et le gardien de nuit se rappellent aussi l'avoir surpris, caché dans le cagibi sur la galerie. Partout dans Munich, son fort accent souabe a laissé des souvenirs. Il le trahit. Le commerçant qui lui a vendu les plaques de liège pour insonoriser les horloges, dont des fragments ont été retrouvés dans les décombres, le reconnaît. Max Niederhof, le serrurier qui a fabriqué sans le savoir des pièces en métal pour le mécanisme de la bombe, est détenu deux semaines au siège de la Gestapo. Il est attaché et battu. Né à Londres, il est considéré comme particulièrement suspect.

Franz Josef Huber, le gestapiste, chef de la « commission des coupables », interroge Georg dès le 11 novembre. Arrivé en train d'Autriche, il s'est d'abord rendu directement à la *Bürgerbräukeller*. Sur les lieux de l'explosion, le limier SS comprend que l'auteur de l'attentat a forcément dû travailler à genoux pour creuser dans une niche dans le pilier. Il se fait amener Elser. Il lui demande de remonter son pantalon. Ses genoux apparaissent. Ils sont très abîmés.

— Quelque chose à dire ? demande Huber.

L'ébéniste garde un long silence. Puis Georg demande :

— Si quelqu'un a fait quelque chose de ce genre, qu'est-ce qui l'attend ?

Huber réplique :

— Ça dépend de la raison pour laquelle il l'a fait.

Georg Elser est prêt à passer aux aveux complets :

— Oui, dit-il, c'est moi qui l'ai fait. Tout seul.

Chapitre 17

Répression

La Gestapo fait une descente dans la région de Georg Elser, dans l'arrondissement de l'Ostalb, en plein Wurtemberg. La police secrète nazie prend d'assaut Königsbronn. Elle y impose sa terreur. Toute la famille de Georg est arrêtée : parents, frères et sœurs, beaux-frères et belles-sœurs. On ne leur donne pas d'explications. On fouille leurs maisons. On les photographie, on les mesure, on prend leurs empreintes digitales. Ils sont détenus à l'isolement. Obsédée par sa théorie biologique de la criminalité, la police considère qu'ils sont aussi des malfaiteurs. La famille Elser ne sait rien. Apolitique, elle n'a rien à voir avec l'attentat. Pourtant, ses membres sont interrogés, brutalisés, menacés de mort. Même ceux qui sont fâchés avec Georg, qui ne lui parlent plus ou ne le voient plus depuis longtemps, sont cuisinés. Les Elser sont envoyés dans la sinistre prison de la Gestapo de Stuttgart.

Avec sa flamboyance coutumière, le régime hitlérien organise, le 11 novembre au soir, une cérémonie funéraire pour les victimes de l'attentat de la brasserie. L'hommage a lieu sur la place « sacrée » de la Feldherrnhalle, là où seize nazis sont tombés lors du putsch raté de 1923. L'esplanade est devenue le centre spirituel du mysticisme brun, la cathédrale du culte nazi de la mort. À la lueur des flambeaux, les *Alter Kämpfer*, les Jeunesses hitlériennes, des membres du parti, des sympathisants, des unités de la Wehrmacht sont réunis en silence. Devant une garde d'honneur SS en gants blancs et casques noirs, Hitler est là, raide et silencieux.

C'est Rudolf Hess, le numéro trois du Reich, qui prononce le discours. Il adopte un ton lugubre de circonstance. Il affirme que Dieu « est avec la juste cause ». Il assure qu'il « laissera l'Allemagne d'Adolf Hitler l'emporter ». Et il poursuit :

— Les instigateurs du crime ont enfin appris au peuple allemand à haïr. Ils ont infiniment accru le dévouement du peuple allemand à la lutte qui lui a été imposée, sa volonté de tout mettre en œuvre. Par le miracle du salut, la foi est devenue inébranlable : la Providence nous a donné le chef, la Providence nous donnera le chef, car la Providence l'a envoyé vers nous.

Dans son oraison funèbre, le dauphin d'Hitler explique que, pour les femmes des tués à la brasserie, « il y a plus important que la vie de leurs maris, c'est de savoir que le Führer est vivant ». Silencieux, le Führer place un chrysanthème sur chacun des cercueils recouverts de drapeaux à croix gammées. Puis il recule, fait le salut nazi. L'hymne aux morts retentit. Toujours sans dire un mot, Hitler serre ensuite les mains des parents des victimes. Comme à son habitude, il les regarde fixement dans les yeux comme pour les hypnotiser.

« Formations, halte ! », « Présentez armes ! », « Portez armes ! », « Procession funéraire, marche ! ». L'horloge de l'église sonne 11 h 30. La musique de la *Präsentiermarsch* retentit. Les bottes noires claquent sur le pavé. Précédé du *Blutfahne*, « le drapeau de sang », le convoi s'ébranle. Il se dirige vers le Nordfriedhof, le cimetière nord. « Tout

Munich est là », assure la version officielle. En réalité, seules quelque dix mille personnes assistent à cette cérémonie. Ce qui est peu pour une ville de cette taille. Dans ses rapports secrets, la SS admet que « la participation des citoyens de Munich aux funérailles d'État des victimes de l'attaque de la brasserie a été relativement faible » et qu'« ils ne semblaient pas particulièrement émus ».

La Gestapo fait une autre descente en pays souabe, à Schnaitheim chez les Schmauder, au 18 Benzstrasse. Le père Schmauder est arrêté. Il est interrogé, car Georg a reconnu avoir écouté des radios étrangères chez lui. Toute la maison, notamment l'atelier du sous-sol où il a mis sa bombe au point, est soigneusement fouillée. Les policiers découvrent de nouveaux indices matériels. Maria, la fille de 16 ans des Schmauder, le flirt de Georg, se montre très bavarde. Sûrement sous pression, peut-être par dépit amoureux. Elle parle aux enquêteurs du double fond de la malle. Elle évoque « l'invention pour ouvrir les fenêtres » qu'il voulait faire breveter à Munich. Elle dit que Georg lui avait assuré que sa découverte le rendrait riche. Il en tirerait 2,5 millions de marks et irait vivre en Suisse avec elle. Là-bas, il l'épouserait.

En réalité, Georg badinait sans doute : il a toujours vouvoyé la jeune Schmauder. Il restait très attaché à Elsa Härlen. Maria Schmauder parle aussi à la Gestapo de la carrière où il a travaillé, de ses explosifs. Elle raconte encore qu'il s'est rendu à Munich à la brasserie *Bürgerbräukeller* dès 1938. Elle assure qu'il connaît bien cette brasserie. Qu'il lui a montré les photos du grand hall. Elle se souvient même que Georg lui a dit qu'à la brasserie « il avait fini un verre d'eau qu'Hitler n'avait pas terminé ». Le 14 novembre, Elser va être très brièvement confronté à

Maria Schmauder. Quand il la voit, il pâlit, il grimace. Ce qui n'échappe pas aux enquêteurs.

Une chape de plomb s'est abattue sur Königsbronn. Tout le monde est soupçonné, interrogé. Chacun est considéré comme plus ou moins complice. La belle mairie du 18e de style rococo est transformée en centre d'interrogatoire. Regardée comme « un nid de criminels », Königsbronn sera dorénavant connue en Allemagne sous le nom de « Attentathausen », « Attentatville ». Paranoïaques, cherchant un complot, les policiers questionnent systématiquement, minutieusement, tous ceux qui ont connu Georg. Que ce soit à l'école, à la carrière, à la chorale, au club de cithare, de danse, etc. Tout le cercle de la famille, des amis, des connaissances est méticuleusement exploré. La Gestapo a juré de « désinfecter complètement l'abcès ».

Après le ratage de l'attentat, après les gigantesques failles dans la protection de la brasserie, la police secrète nazie tente de se racheter. Elle traque partout en pays souabe un « agent anglais ». À Königsbronn, on marche tête baissée. La pression sur la population est telle, l'enquête est si poussée qu'un résident de Königsbronn ironise et s'étonne que la police n'ait pas interrogé la sage-femme présente lors de la naissance de Georg Elser. L'ébéniste laisse la Gestapo perplexe : il ne boit pas, il n'a pas de maladie vénérienne, il ne fréquente ni les Juifs ni les hommes d'Église. Faute de le comprendre, de réussir à identifier une tendance criminogène dans sa famille ou bien d'arrêter un espion anglais dans les collines du Wurtemberg, elle finit par considérer le talentueux ébéniste comme un dangereux « excentrique ». Ce qui explique tout.

Par un matin brumeux, blafard et froid de novembre, Georg Elser est transféré de Munich à Berlin, dans le

« cœur noir » de l'Allemagne, au siège de la Gestapo, Prinz-Albrecht-Strasse. C'est un imposant édifice de cinq étages aux allures de musée, la façade plein nord. Encadré par des gardes, Georg franchit trois marches menant à un vestibule. Puis, il se retrouve dans le grand hall. L'immense voûte résonne comme une cathédrale. Il est traîné à travers des corridors. On l'enferme, enchaîné, dans un cachot au sous-sol. Au même moment, ses parents, ainsi que son ancienne petite amie, Elsa Härlen, sont arrêtés en pays souabe. Ils sont aussi envoyés à Berlin. Elsa n'a même pas le droit de prendre ses affaires de toilette. Ils voyagent en train de nuit, dans un wagon spécial. Séparés, chacun dans un compartiment, encadrés de deux gardes, avec l'interdiction de parler. Ils sont ensuite détenus dans la prison de Moabit puis, pendant une semaine, au grand hôtel *Kaiserhof*, sur la Ziehtenplatz. Là aussi, ils doivent se taire. Ils ne seront relâchés que fin novembre après s'être engagés au silence absolu. Ils seront contraints de se soumettre durant des mois aux humiliants interrogatoires de la Gestapo.

À Berlin, la famille Elser est détenue dans le très chic hôtel *Kaiserhof*, voisin de la chancellerie d'Hitler et ancien QG du Führer. Un étage entier lui est réservé. Un garde de la Gestapo surveille la porte de chaque chambre. L'atmosphère est moins agressive qu'à Stuttgart. L'ordre vient d'en haut. Hitler s'implique. Il considère qu'Elser est « son » assassin. Le Führer éprouve un certain respect pour lui. Il montrera à Himmler une photo de l'ébéniste et dira :

— Regardez la physionomie, les yeux, les traits intelligents du visage, ce n'est pas un charlatan, ce n'est pas un bavard. Il sait ce qu'il veut. Déterminez quels cercles politiques sont derrière lui. C'est peut-être un solitaire, mais il n'est pas sans vision du monde, il ne l'est pas.

Cet homme, cet Allemand du peuple, de son peuple, qui a voulu le tuer, est pour lui une énigme, un mystère psychologique. Lui et sa famille ont donc droit à des égards. Il les détient, mais avec du style.

Maria Elser, la mère d'Elser, sa sœur Maria Hirth et son mari, Karl Hirth, ainsi que son ancienne amante, Elsa Härlen, sont amenés en fourgon au siège tout proche du RSHA, l'Office central de la sécurité du Reich. À plusieurs reprises, ils sont interrogés par la Gestapo, séparément, mais en présence de Georg. Pour les besoins de la propagande, le régime veut diffuser une confession. Le gestapiste Franz Josef Huber interroge alors Georg, en présence de sa mère. La séance est filmée dans la salle de conférences du QG de la sécurité du Reich. Sentant la manipulation, le prisonnier refuse de parler. En vrais Souabes, Georg et sa mère ne disent pas un mot. Ils échangent simplement de lourds regards. Sa sœur Maria est la plus maltraitée.

Elle est même interrogée par le chef de la Gestapo, Heinrich Müller. Les nervis de la police secrète la brutalisent. Ils menacent même de la tuer si elle ne dit pas tout. Pire sans doute : la Gestapo enlève à Maria et à son mari, Karl Hirth, leur jeune fils Franz. Ils le confient à un établissement de rééducation. Comme Georg a donné ses affaires à sa sœur, qu'il a laissé chez elle sa malle à double fond avec, à l'intérieur, des outils et de quoi construire une bombe, la Gestapo considère qu'elle a participé au complot. Maria et son mari vont rester plusieurs mois en prison sans jugement.

Le 15 novembre, c'est au tour de Georg Vollmer, le propriétaire de la carrière où Georg a volé des explosifs, d'être arrêté. Son fils de 16 ans, Ernst, est aussi appréhendé. Vollmer est interrogé, battu. C'est pourtant un vieux membre du parti nazi. Considéré comme complice d'Elser, il va être condamné à vingt ans de détention pour ne pas avoir pris soin de ses explosifs. Il est envoyé dans le camp de concentration de Welzheim. Sa femme réussira à le faire libérer en 1941 en faisant intervenir de vieilles relations dans le parti.

Le 15 novembre, Erhard Waldenmaier tombe à son tour. Le propriétaire de l'Armaturenfabrik de Heidenheim, où Georg Elser a volé de la poudre, est arrêté dans son lit, peu après minuit. Pour interroger les employés de cette fabrique d'armes, la Gestapo installe un bureau dans la société. La police secrète tient une piste. Elle pense pouvoir mettre à jour un « complot juif ». Car la femme de Waldenmaier entretient des relations avec une Anglaise dont le père est professeur d'hébreu aux États-Unis... Mais cette piste ne mène nulle part. Waldenmaier se défend bien. Pour se couvrir, il adhère en 1940 au parti nazi. Il fait même de grosses donations. Et comme son entreprise répond bien aux commandes de l'Abwehr, le service de renseignements de l'armée qui supervise la production d'armes prend la défense de Waldenmaier. Il finira même la guerre décoré.

Elsa Härlen a droit à un « traitement spécial ». Elle aussi a été interpellée le 15 novembre. Elle avait décidé d'oublier Georg, mais la Gestapo l'a rattrapée. Elle est traitée comme une criminelle. Envoyée à Berlin, elle est interrogée jour et nuit pendant plusieurs jours. Elle est tellement battue qu'elle perd longtemps conscience. Elle reçoit un produit dopant afin de pouvoir de nouveau parler. Un jour, elle est amenée dans une chambre. Dans chaque coin de la pièce se tient un homme, arme à la main. Georg est au milieu, assis sur une chaise. Il ne tient plus debout. Elsa est horrifiée.

Elle le reconnaît à peine. On lui a rasé la tête. Il a les pieds et le visage très enflés. Il est couvert d'ecchymoses noires et bleues. Ses yeux sont exorbités, ses vêtements tachés de sang. Le Souabe dur à cuire n'a pas voulu parler. Sous les coups, il a répété :

— Je l'ai fait seul, seul...

Un lourd silence s'instaure. Il penche la tête, mais il ne dit rien. Il est déjà cassé physiquement et moralement. Un policier dit à Georg :

— Voici votre mariée, elle est toujours convaincue que vous n'avez pas commis l'assassinat, alors dites-lui que vous l'avez commis.

Derrière lui, un gestapiste n'arrête pas de le frapper dans le dos, sur la tête. Alors, comme s'il répétait une leçon apprise à l'avance, Georg se met à balbutier. À chaque fois qu'il s'arrête de réciter, il prend des coups. Il marmonne quelque chose comme :

— J'ai volé de la poudre noire à la carrière de Vollmer... J'ai construit la bombe avec... Ce sont des agents étrangers... qui m'ont demandé de le faire... J'ai agi sous leurs ordres.

Le gestapiste tape pour qu'il avoue encore. Georg ne peut plus parler tellement on le frappe. À la fin de l'interrogatoire, Elsa Härlen est autorisée à poser une question à son ancien amant. Sa voix tremble, s'étrangle. La seule chose qu'elle réussit à lui demander est :

— Georg, as-tu fait ça ?

Georg ne répond pas. Il la fixe intensément. Puis, doucement, il se met à parler :

— Elsa...

L'officier derrière lui le frappe violemment sur la tête pour le faire taire.

Chapitre 18

La Question

Himmler est furieux. Il veut des commanditaires. Hitler le presse. Il a ordonné que Georg Elser soit « intégralement » interrogé par la Gestapo. C'est-à-dire torturé. Arthur Nebe s'y oppose. Le chef de la police criminelle a compris qu'il ne sert à rien de vouloir le faire parler. Il n'a rien à dévoiler, car il a agi seul. Il sait que son attentat est un acte altruiste même si pour le régime, c'est intolérable. Nebe a aussi réalisé qu'Elser n'est pas le genre d'homme que l'on peut convertir avec des coups, qu'il est imperméable au pouvoir de la violence. Le policier se souvient comment, à la fin d'un interrogatoire, Georg l'a regardé. Il avait une lueur insolente dans les yeux, une lueur de supériorité froide. Comme pour lui dire qu'il savait qu'il était dans le camp du Bien, pas dans celui des assassins.

Totalement cynique, Arthur Nebe est cependant suffisamment intelligent pour savoir que Georg a raison. Il a aussi conscience qu'un jour ce sera sans doute son tour, qu'on voudra le faire parler. Il se demande s'il fera alors preuve d'autant de courage et de dignité que ce petit Souabe. Peu avant d'être exécuté en 1945, le chef de la Kripo confiera à son ami, le diplomate allemand Hans Gisevius, son admiration pour l'ébéniste de Königsbronn :

— Tiens, cet Elser ! Voilà un gars ! Il n'y avait que lui pour comprendre et agir en conséquence. Voilà un héros de notre époque, et c'est pour ça que les nazis, ou plutôt ton beau monde, feront tout pour effacer son souvenir.

Arthur Nebe tente de convaincre Hitler de laisser Elser tranquille. Mais rien n'y fait. Le Führer veut que son prisonnier parle. Il veut savoir qui tire les ficelles. Elser aura droit à « l'interrogatoire intégral ». Dans l'euphémisme du langage officiel, on dit *Verschärfte Vernehmung*, interrogatoire « renforcé » ou « intensif ». Dans un mémo, le chef de la Gestapo, Heinrich Müller, a décrit des techniques. On trouve notamment une méthode pour enlever un œil sans endommager le nerf optique afin qu'il continue à fonctionner hors de l'orbite. Entrecoupées d'injures et de promesses, les questions alternent avec des tortures physiques et psychologiques. La tête de Georg est rasée. La séance commence. D'abord, les gestapistes giflent Georg, deux, trois fois d'affilée. Non pas parce que ça fait mal. Mais parce que c'est humiliant. Ils lui crachent à la figure. Ils veulent le briser. Il est battu jusqu'au sang, jusqu'à la chair.

Himmler participe en personne aux séances. À coups de bottes soigneusement cirées, il tape sur le prisonnier attaché. Ils l'insultent. Un nervi de la Gestapo prend le relais. Il bat Georg à coups de fouet dans les toilettes. Puis c'est de nouveau au tour d'Himmler de le frapper. Coups de pied, coups de pied dans l'entrejambe. Georg se tord de douleur. Puis retour dans les toilettes. On lui plonge la tête dans les W-C jusqu'à ce qu'il suffoque. Recroquevillé en chien de fusil sur le parquet, Georg protège son crâne avec ses mains. Une semelle heurte son oreille. Il rampe. Il se traîne à quatre pattes. Une botte de cuir écrase ses doigts. Il tremble, ses dents claquent, son nez, sa bouche, ses oreilles saignent. Un filet de bave à la commissure des lèvres, ses chairs bouffies couvertes de sang poisseux. Il voulait détruire la machine nazie. Maintenant, c'est cette machine qui le brise.

Les murs tanguent. Le sol se dérobe. Crispé de douleur, Georg gémit. La séance a repris. Il ne dit rien. Il a peur. Il n'a pas tant peur de la douleur, mais de faiblir, de parler. Il craint de dénoncer quelqu'un, n'importe qui. Il a honte du peu d'emprise qu'il a sur son corps. Il comprend que c'est ça « la Question ». Et qu'elle n'a qu'une réponse : le nom de ses complices. Il ne dit rien, peut-être parce qu'il n'est même plus capable de s'exprimer. Lui qui a une si extraordinaire mémoire ne se souvient même plus ni des noms de ses camarades de travail, ni d'avoir entendu quelqu'un critiquer Hitler. Il est si épuisé qu'il n'entend plus les voix que dans le lointain. Les silhouettes de ses tortionnaires se brouillent. Il ne sent plus la douleur. Elle le rend fiévreux. Il a des hallucinations. Il flotte dans un brouillard indécis, entre rêve et réalité. Le temps lui échappe, s'accélère, ralentit, s'arrête. Dans la nuit du 13 au 14 novembre, Georg est si brutalement battu qu'il ne voit plus l'intérêt de nier s'il ne veut pas mourir. Personne ne peut résister aux sauvages tortures de la Gestapo plus de vingt-quatre heures. Personne ne peut y survivre.

Après une nuit de doutes, le 15 novembre, Georg va tout raconter. Sans être interrompu, sans jamais s'arrêter, buvant juste deux grandes bouteilles d'eau de Seltz, il parle de minuit à 4 heures du matin. Il pèse chacun de ses mots. Il raconte tout. Il donne tous les détails. Le vol des explosifs, la conception de la bombe, le travail secret à la brasserie. Il démontre sa virtuosité technique. De tête, il dessine les croquis de son engin mortel, à l'échelle réelle, sur de grandes feuilles de papier. Frau Kranz, la secrétaire, tape la confession à la machine. Georg signe. Il a convaincu non seulement la Kripo, mais aussi la Gestapo : il n'y a pas d'agents étrangers. Il n'y a pas de complices, il n'y a pas de complot. Juste un petit artisan allemand protestant, quelques centaines de marks, deux horloges de la Forêt-Noire, des vis, des fils de laitons des quincailleries de Munich et dix kilos d'explosifs de la carrière de Königsbronn. C'est tout seul qu'il a voulu tuer Hitler, en homme libre. Un homme libre qui n'avait aucun doute sur « son acte ». Prisonnier, torturé, il prétend maintenant « avoir changé de vues ». Mais ne semble en réalité n'avoir aucun regret.

Le Führer ne décolère pas. Il s'est rendu dès le 11 novembre sur les lieux de l'attentat avec Arthur Nebe. Le chef de la Kripo lui a expliqué l'attaque dans les moindres détails. Hitler a regardé le pilier fracassé. Il a examiné les poutres tordues près de la tribune où il prononçait son discours annuel. Nebe lui a dit :

— C'est ici que sont tombés les plus nombreux débris. Qui s'y serait tenu aurait à coup sûr été mortellement touché.

Le Führer veut un coupable. Il s'accroche à sa théorie du complot ourdi par la perfide Albion. Il fulmine, estime que les hommes de ses services de sécurité sont des incompétents. Des incapables qui n'arrivent pas à trouver des preuves de la conjuration internationale qui veut sa mort. Il lui est inconcevable qu'un ouvrier allemand irréprochable « au sang pur » soit « un ennemi du peuple ».

Hitler ne peut s'avouer qu'un « bon aryen » ait voulu le tuer, lui le Guide adulé du peuple allemand. Après un séminariste catholique suisse, Maurice Bavaud, l'année précédente, c'est le comble ! Ce Souabe a forcément été acheté, manipulé ou téléguidé de l'étranger. L'infaillible Führer ne veut pas en démordre. Il est le seul à ne pas avoir compris. Tous les autres dignitaires nazis ont fini par réaliser qu'il n'y avait pas de conspiration. Personne n'ose lui dire. À la vue du rapport final sur l'attentat d'Arthur Nebe et des enquêteurs des commissions « scènes de crimes » et « coupables », le *Reichsführer-SS* Himmler avait lui aussi piqué une crise. À l'encre verte qui lui est réservée, le chef de la sécurité du Troisième Reich avait écrit : « Quel imbécile a fait ce rapport ! » Lui aussi a fini par admettre que l'ébéniste de Königsbronn est un homme seul.

Georg ne veut toujours pas inventer de commanditaires. Hitler exige toujours qu'on lui arrache des noms. Il lui faut une conspiration. Son prisonnier est transféré à Berlin, au siège de la Gestapo, le 14 novembre, sous bonne garde. Pour briser son corps et son âme, pour qu'il avoue, il est alors torturé systématiquement, jour après jour, jusqu'à ce que ses cris ressemblent à ceux d'un animal. Les coups pleuvent. Le sang ruisselle sur sa peau violacée, sur son visage, son cou, sa poitrine. On le réveille en permanence. On l'interroge, lumière braquée dans les yeux, en le menaçant de nouveaux sévices. On lui décrit même sa prochaine exécution. Il faut faire mourir tout espoir en lui. Toujours les mêmes questions, encore et encore : « Des noms ! Des noms ! Des noms ! » On le piétine. Recroquevillé par terre, comme un pantin désarticulé, il crache du sang et des morceaux de dents. On l'enferme dans une cellule surchauffée tout en le privant d'eau. On ne lui donne à manger que des harengs très salés. On l'empêche de dormir, en le détenant dans une cellule éclairée jour et nuit. Sous l'effet de la faim, du manque de sommeil et du stress, Georg se met à glisser de plus en plus souvent hors de la réalité. Bientôt, il est devenu l'ombre de lui-même.

La Gestapo veut le briser psychologiquement. Il doit craquer. On le torture en lui parlant en permanence de Maria Henle, la jeune serveuse, la mère de famille tuée dans l'attentat. Un soir, on l'emmène dans une salle d'interrogatoire.

— Assieds-toi sur cette chaise.

Georg voit un petit écran de projection.

— Lumières éteintes !

Des images des funérailles d'État des victimes de son attentat sont projetées. Sept cercueils couverts de fleurs. La caméra s'attarde sur les visages en larmes des parents. Le petit Souabe éclate en sanglots :

— Je n'ai pas voulu ça !

— Lumières !

Un nouvel interrogatoire commence. À bout, brisé, il va finir par « avouer ». Il invente alors avoir rencontré « deux inconnus » dans un café de Munich. Ces anonymes l'auraient aidé à préparer l'attentat de la brasserie. Ils auraient promis de le faire sortir sain et sauf du pays. Il « reconnaît » aussi avoir été en contact avec un représentant indéterminé du dissident nazi Otto Strasser. Mais il n'arrive pas à décrire ces hommes, à donner des détails « vécus ». Il n'a aucun talent pour raconter des histoires.

Le Führer veut en savoir plus. Il veut des détails sur « son complot ». Il enrage, il fulmine. Il appelle Reinhardt Heydrich, la « brute blonde », le « boucher », l'artisan de la « solution finale ». Visage pourpre de rage, Hitler ordonne en hurlant à cet adjoint d'Himmler que « tous les moyens soient utilisés pour faire parler le criminel ».

— Hypnotisez-le, droguez-le ! Essayez tout ce que les scientifiques ont inventé. Je veux savoir qui sont les instigateurs, qui est derrière ça !

— *Jawhol, mein Führer !* hurle Heydrich.

Himmler est peut-être l'homme le plus redouté du Reich, Heydrich est le plus redoutable. Il a une allure distinguée, un air vicieux et le regard vide d'un assassin.

Georg a droit au « traitement spécial ». Pas moins de trois médecins s'occupent alors de lui pendant vingt-quatre heures. Une blouse blanche, une seringue devant ses yeux. L'aiguille qui brille, qui s'enfonce dans ses veines. Il sent le fluide se répandre dans son sang. On lui injecte de grandes quantités de Pervitine, de la métamphétamine, un puissant stimulant qui crée rapidement un état d'euphorie. Même drogué, Georg en reste à son histoire des « deux inconnus » du café de Munich. Il est incapable de les décrire, de donner leurs noms, même d'en inventer. Heinrich Müller, le chef de la Gestapo, fait alors appel à quatre hypnotiseurs réputés. Un seul réussit à mettre Elser en transe. Mais rien n'y fait : Georg s'en tient à sa version. Müller se persuade lui aussi qu'Elser a agi tout seul. Pour s'en assurer, il fait installer un atelier à Prinz-Albrecht-Strasse. Il demande à l'ébéniste de reconstruire sa très sophistiquée bombe à retardement. Celui-ci s'acquitte de la tâche avec dextérité, en un temps record. Il fait l'admiration de ses tortionnaires. La Gestapo va même incorporer dans son manuel d'instruction son prototype pour l'entraînement. Finalement, c'est la police secrète nazie qui reconnaît Georg Elser comme un inventeur.

Une nuit, Elsa Härlen est réveillée vers 1 h 30 du matin. En taxi, elle est amenée au siège de la Gestapo dans le bureau d'Heinrich Himmler en personne. Il se montre assez charmant avec elle. Il l'écoute sans l'interrompre. Elsa doit lui raconter tous les détails de sa vie : son mari, cette brute qui boit, qui la frappe, et Georg qui est si agréable, si doux et amical. Un gentleman. Au bout de deux ou trois heures, Himmler se lève, lui tapote amicalement l'épaule en lui disant :

— Chapeau bas, Frau Härlen, vous êtes vraiment une femme souabe formidable !

Deux jours plus tard, vers midi, Elsa est emmenée, en voiture pénitentiaire cette fois, à la *Neue Reichskanzlei*, la nouvelle chancellerie du Reich. Quatre SS au garde-à-vous, figés au pied d'un étendard à croix gammée claquant au vent. Un garde lui ouvre la portière de la voiture et l'aide à sortir. Il la prend par le bras.

Deux policiers la guident à travers un véritable labyrinthe désert. La jeune femme est très impressionnée. Elle ne sait pas que le projet d'Albert Speer, l'architecte d'Hitler, était précisément d'intimider le visiteur avec un parcours magistral avant d'arriver au bureau du Führer. L'enfilade de pièces doit frapper par sa longueur ainsi que les changements des matériaux utilisés, la composition des couleurs. D'abord, il faut franchir le grand portail pour arriver dans la cour d'honneur. Puis, par un perron, pénétrer dans une première pièce de réception, passer une porte à double battant de presque cinq mètres de haut débouchant sur un hall recouvert de mosaïques. Au bout de ce hall, il faut monter quelques marches, traverser une pièce ronde à coupole pour se retrouver dans une galerie de 145 m de long. Le sol est recouvert de marbre poli. « Les diplomates doivent savoir se mouvoir sur un sol glissant », disait Hitler.

Au bout d'un long couloir, deux SS ouvrent une porte à Elsa. Elle se retrouve dans une pièce immense. C'est le cabinet de travail d'Hitler. Assis derrière un bureau, sous un grand lustre, en uniforme de campagne gris, le Führer est plongé dans ses dossiers. Sa table de travail est ornée d'une marqueterie représentant une épée à moitié dégainée. « Quand les diplomates assis à la table devant moi verront cela, ils apprendront à avoir peur », expliquait-il. Elsa entre. Hitler ne lève pas la tête, il continue de lire. Un des SS annonce alors en criant :

— *Frau Härlen !*

Alors, il relève la tête. Il regarde la jeune femme, ne dit rien. Elsa voudrait faire le salut hitlérien. Elle n'y arrive pas. Son bras ne réagit pas. Un des SS lui donne un coup dans les côtes. Elle est paralysée. Elle ne peut que balbutier :

— *Mein Führer...*

La seule chose qui lui traverse l'esprit, c'est qu'avec sa petite moustache, Hitler lui fait penser à un clown.

Le Führer commence à interroger Elsa. Il n'est pas comme Himmler. Il la rudoie, il déforme ses propos. Il tente de la culpabiliser, de lui arracher des mots. Il insinue qu'elle était toujours en contact avec Elser quand celui-ci préparait son attentat. Elle se rebiffe :

— Non, mon Führer, ce n'est pas la vérité !

L'interrogatoire dure huit heures, jusqu'au soir. Hitler veut tout savoir sur Georg Elser, ses idées, son caractère, ses habitudes. À la fin, il durcit encore le ton. Il prétend qu'Elsa Härlen lui cache toujours des choses. Il la menace, la prévient qu'il n'en a pas fini avec elle. Les larmes aux yeux, elle se défend. Sanglots dans la voix, elle dit qu'Himmler la croit.

Quelques jours plus tard, c'est au tour de Martin Bormann, le redoutable et redouté secrétaire particulier du

Führer, d'interroger Elsa Härlen à la chancellerie du Reich. Martin Bormann, âme damnée d'Hitler et éminence grise du parti, est plutôt plaisant. Comme si, pour la déstabiliser, les dignitaires nazis s'étaient réparti les rôles de « gentils » et de « méchants ». On souffle le froid et le chaud. On alterne le confort luxueux de l'hôtel et les interrogatoires punitifs. Cette stratégie berlinoise élaborée échoue face à cette femme simple de l'Ostalb. D'autant plus qu'elle ne sait rien, qu'il n'y a rien à savoir.

Chapitre 19
Une balle dans la nuque

Hitler n'a aucune preuve d'un complot. Mais ce n'est pas grave. Afin de justifier ses agressions, il prévoit tout de même d'organiser, à la fin victorieuse de la guerre, un grand procès-spectacle devant le *Volksgerichtshof*, le Tribunal du peuple. Georg Elser sera le témoin à charge ainsi que les deux agents britanniques enlevés à Venlo. L'ébéniste est devenu un bien précieux pour le régime. Il est un « prisonnier d'Hitler ». Il a droit à un « traitement spécial ». Le Führer ordonne qu'Elser soit détenu sans jugement en même temps que les agents du SIS. Début 1941, Georg est alors transféré, de nuit, dans une limousine noire de la Gestapo, au camp d'Oranienburg-Sachsenhausen, à une trentaine de kilomètres au nord de Berlin.

Surveillé par des miradors, garni de mitrailleuses et de projecteurs, ce camp « modèle » est ceinturé d'un chemin de ronde ainsi que d'un mur de 2,70 m de haut hérissé de fils électrifiés. Des panneaux surmontés d'une tête de mort indiquent en allemand : « On tirera sans sommation. » À « Sachso », Georg est enfermé dans la prison du camp. Elle est composée de 80 cellules où sont enfermés les détenus les plus importants. Dans ce KZ, la mort rôde en permanence. La fumée et la puanteur cadavérique de fours crématoires flottent dans le ciel. Les prisonniers sont punis dans la cour. Attachés à un chevalet de bois, ils reçoivent 25 coups de fouet, le fameux « traitement 25 ».

Après avoir enduré les pires sévices, l'ébéniste est maintenant traité avec douceur. Il devient même un privilégié. Il vit dans une cellule spacieuse, agrandie pour lui. Sa porte n'est pas fermée même si elle est tout le temps éclairée et étroitement surveillée par deux gardes SS relevés toutes les douze heures. Georg a aussi droit à trois promenades quotidiennes. Un détenu, un témoin de Jéhovah, lui rase tous les jours la barbe. Georg est bien nourri. Il a même droit à un atelier privé pour travailler le bois. Il se construit une armoire, un minibillard japonais, un petit bureau ainsi que plusieurs cithares. Dans le camp, on l'appelle d'ailleurs « l'homme à la cithare ». Il jouait de cet instrument avec enthousiasme. Maintenant, c'est avec mélancolie qu'il gratte les cordes. Sur sa table de chevet, une photo d'Elsa Härlen.

Au camp d'Oranienburg-Sachsenhausen, Georg fait des jaloux. Son cas est entouré de rumeurs. Certains détenus pensent que le « petit Schorsch », comme on l'appelle, a fait partie d'un complot. Une conspiration communiste ou nazie, ils ne savent pas. D'autres croient qu'il est innocent. On lui fait porter la responsabilité d'un attentat organisé par des hommes du régime nazi contre Hitler. Avec son traitement de faveur, Elser passe aux yeux des « politiques » pour un « protégé », voire pour un nazi. Dans le camp, infecté par les ragots jusque dans les latrines, circule avec persistance une version complotiste des événements. Elle fait de Georg Elser un homme de la SS. Il aurait participé à un coup monté par le régime lui-même à des fins de propagande... En récompense, ajoutent certains, on lui aurait promis une pension et une maison.

Le même genre de rumeur court dans le camp de Sachsenhausen au sujet d'un autre détenu de marque : le jeune Juif Herschel Grynszpan. C'est l'homme qui a assassiné l'attaché de l'ambassade allemande à Paris en 1938. Beaucoup voient dans l'attaque de la *Bürgerbräukeller* une manipulation égale à l'étrange incendie du Reichstag de 1933, utilisé par les nazis pour lancer la répression. Georg paraît très suspect, les détenus le boycottent. Seul, sans espoir, sans confident, comme suspendu entre la vie et la mort, l'ébéniste déprime. Il souffre aussi d'avoir sur la conscience le décès, lors de son attentat, de la serveuse Maria Henle, âgée de 30 ans, qui a laissé deux enfants en bas âge. Il mange peu, il dort mal. Il a beaucoup maigri, flotte dans ses vêtements. Sa santé se dégrade.

Détenu lui aussi à Sachsenhausen depuis l'incident de Venlo, l'agent britannique Sigismund Payne Best assure connaître la vérité sur Georg Elser, sa « vraie vie ». Il affirme que l'ébéniste lui a tout dit sur l'attentat. Pourtant il ne l'a jamais rencontré. Dans une version fantaisiste, pleine d'inexactitudes et de contradictions, Payne Best jure cependant qu'Elser lui a fait passer des messages. Pourtant, c'est formellement interdit dans le camp. La version que Best répète ressemble fort à celle que lui a donnée la Gestapo. Selon cette variante, Elser serait né à Munich. Ses parents seraient morts pendant la Première Guerre mondiale. Pour avoir distribué des tracts communistes en 1937, il aurait alors été arrêté et détenu à Dachau. Dans le camp, il aurait alors reçu l'ordre du commandant de poser une bombe à la *Bürgerbräukeller*. Il s'agissait d'éliminer des traîtres dans l'entourage d'Hitler... Ce « témoignage » totalement fantaisiste a eu du succès. C'est sur sa foi que la thèse d'Elser participant à un complot nazi a prévalu longtemps après la guerre parmi les historiens.

La fin approche. Après cinq ans de détention, Georg Elser est rongé par l'attente. Il ne fait pas semblant de croire qu'il va être exécuté. Beaucoup de prisonniers l'ont enfin compris. En 1944, Georg affiche une carte sur l'un des murs de sa cellule. À l'aide de petits drapeaux, il suit la progression du front. Il se réjouit à peine des progrès des Alliés. Il craint d'être tué avant d'être libéré. Lors des bombardements, Georg refuse de se réfugier dans le bunker. Debout sur la table de nuit, il observe par la fenêtre les lueurs dans le ciel de Berlin en feu. Son seul réconfort est de savoir que le Führer ne lui survivra sans doute pas longtemps. Les Alliés avancent. En février 1945, par un temps glacial, escorté par quatre SS, le « prisonnier personnel d'Hitler » doit être transféré du camp de Sachsenhausen, près de Berlin, à celui de Dachau, près de Munich. Il emporte sa cithare.

Sur la route, Georg voit les cicatrices que les bombardements ont laissées sur les immeubles. Parfois, il n'en reste que des tas de ruines. Le chaos règne à Dachau. On y transfère aussi les détenus des camps d'Europe de l'Est. Elser est accueilli par une inscription au-dessus de la porte d'entrée : *Arbeit macht frei*, « Le travail rend libre ». Le camp a aussi un département « d'expérimentation médicale ». Les nazis inoculent des maladies. Ils plongent des prisonniers dans de l'eau glacée pour tester la résistance du corps humain au froid. Sur le lieu plane l'odeur des cadavres des prisonniers évacués, morts pendant le transport en train. Des Juifs pour la plupart. Le typhus fait aussi des ravages. Les corps s'alignent dans la neige. Le crématorium déborde.

À Dachau, Elser est détenu au secret. Son nom n'est même pas inscrit dans le registre du camp. Il est enfermé dans le « Bunker d'honneur », le « Zelenbau », réservé aux prisonniers de marque. Ce sont 136 cellules cernées par un réseau de clôtures électrifiées, par des fossés, des murs et sept miradors. Il est gardé jour et nuit par deux SS. Les nazis craignent qu'il ne se suicide. Ils ne veulent pas perdre leur « témoin ». Ils souhaitent garder vivante la clef du futur « grand procès » d'Hitler qui justifiera ses guerres. Georg n'a droit à aucun contact avec les autres détenus. Il n'a pas même le droit de les voir.

En revanche, on lui donne de nouveau un établi, des outils et du bois. Il est déprimé. La plupart du temps, il reste prostré sur son lit. Gagné par la nervosité, il est devenu un fumeur à la chaîne. Il sait que ses jours sont comptés. Il est désespéré. Il a échoué de treize minutes et de quinze mètres. Treize minutes pour tuer Hitler à la *Bürgerbräukeller*. Et quinze mètres pour s'enfuir en Suisse. Lorsqu'il joue sa chanson préférée à la cithare, les larmes lui viennent aux yeux. « Dans mon cœur, je porte un peu de la vieille Vienne, un peu de bonheur de ces jours passés. »

Franz Lechner, le chef SS chargé de le surveiller, lui a acheté des partitions. Georg aime bien ce garde. Il a été blessé à Leningrad. Et il est plus passionné par la musique que par la guerre. Elser lui raconte qu'il avait voulu se marier, qu'il avait connu une femme, mais que cette histoire n'avait mené nulle part. Un soir, il interroge le garde :

— Qu'est-ce qui est le mieux ? Être gazé ? Pendu ? Ou bien la balle dans la nuque ?

Le gardien lui demande alors, encore et toujours, s'il a vraiment agi seul.

— J'ai agi complètement seul, répète Georg.

Il lui livre ses motivations et ses craintes :

— Je l'ai fait, car toute sa vie, Hitler a signifié la chute de l'Allemagne. Je ne pense pas que je sois un genre de communiste pure laine, je n'en suis pas un. Se débarrasser d'Hitler était juste devenu une obsession pour moi. Je savais que je prenais un gros risque, mais je ne pensais pas me faire prendre. Je me suis fait prendre et je dois payer. Je crains les conséquences. Jour et nuit, je me demande de quel genre de mort je vais souffrir. J'aurais préféré qu'ils m'exécutent sur-le-champ.

Au loin, les prisonniers de Dachau entendent l'artillerie américaine qui tonne. Début mars 1945, le « Reich de mille ans » n'a plus que quelques jours à vivre. Dès le 11 mars, Hitler se terre dans son bunker de Berlin. Le 2 avril, il dicte son testament. Le 5 avril, après avoir rencontré le Führer, Himmler, toujours chef de la sécurité d'un Troisième Reich à l'agonie, fixe le sort des « prisonniers spéciaux ». Dont celui Georg Elser. C'est Heinrich Müller, le chef de la Gestapo, qui signe l'ordre de l'exécution de l'ébéniste. Dans son cas, les instructions sont venues du « plus haut niveau ». C'est-à-dire d'Hitler en personne. Georg a reçu le nom de code d'« Eller ». Le Führer a donné « des instructions spéciales » à Himmler. Et Müller signe la lettre adressée au commandant du camp de Dachau :

« Lors d'une prochaine attaque terroriste sur Munich, "Eller" a été apparemment fatalement blessé. J'ordonne que, lors d'une telle situation, "Eller" soit liquidé de façon très discrète. J'ordonne aussi de faire preuve de grande prudence en informant le minimum de personnes possible et qu'elles soient de confiance absolue. Après avoir été lue, j'ordonne que cette lettre soit détruite. »

Georg Elser est en train de dîner ce soir du 9 avril 1945. Il déguste son repas favori : pudding de semoule avec de la compote de cerises. Franz Lechner, le garde SS avec lequel il a sympathisé, vient le chercher. Officiellement pour un interrogatoire. Mais Lechner sait que ce n'est pas vrai. Georg s'en doute aussi. C'est la fin. Il demande s'il doit emporter quelque chose avec lui. Le garde tente de le rassurer. Il lui dit que ce n'est pas la peine, qu'il va revenir tout de suite. L'ébéniste part, sans dire au revoir. Lechner ne dit rien non plus, de peur de l'inquiéter. Avec son manteau, sans chapeau, Georg quitte sa cellule. Elle sera réaffectée le soir même à deux autres « prisonniers spéciaux » : Léon Blum et sa femme. Au loin, l'aviation alliée bombarde dans la nuit. Coups de tonnerre, vacarme lancinant de la guerre qui approche. Le ciel rougeoie de lueurs d'incendie. Georg comprend que c'est vraiment la fin. Il a 42 ans. Un garde l'escorte. Il ne résiste pas. Dans les camps, c'est quelque chose d'inutile. Il passe la clôture électrique. Il traverse le ruisseau.

Tout lui semble maintenant indifférent, étranger, irréel. Son esprit s'évade. Il est avec Elsa. Elle est en chemisier blanc, ils marchent dans les montagnes du Jura souabe. Il fait beau, un vent doux les caresse. Elle lui sourit. Elle murmure à son oreille des mots sucrés. Il sent le goût de ses lèvres, le parfum de ses cheveux. Il chuchote son prénom : « Elsa... »

On l'amène vers le nouveau crématorium, dans le parc planté de vieux arbres. Des corbeaux croassent. L'air est froid, la nuit épaisse comme de l'encre. L'endroit est isolé, désert. C'est là qu'on exécute. Depuis le camp, on entend le bruit sec des liquidations.

Il est 23 heures quand, du crématorium, on entend un coup de feu. On n'a pas demandé à Georg de se déshabiller. On ne lui a pas dit de se mettre à genoux, comme c'est l'habitude. Dans l'obscurité, le chef du crématorium, le *SS-Oberscharführer* Thomas Heinrich Bongartz, s'est sans doute approché de lui. Il lui a tiré une balle dans la nuque. Le SS a appelé deux hommes pour ramasser le corps. Georg est tombé dans l'herbe, face contre terre, son sang est encore frais. Il n'est pas nécessaire de le « finir » d'une autre balle. Mains dans les poches devant le parterre de fleurs, le SS Bongartz ordonne alors d'incinérer le corps, et immédiatement. Dans le lointain, le ciel rougeoie, les canons grondent. Comme le soir de l'explosion à la *Bürgerbräukeller*, il y a des éclairs dans la nuit nazie. Le temps des assassins est compté.

Épilogue

Assassiné à Dachau le 9 avril 1945, Georg Elser devra attendre très longtemps pour que commence sa réhabilitation. Défi à toute catégorie idéologique, l'ébéniste de Königsbronn ne sera unanimement reconnu en Allemagne comme un authentique résistant au nazisme qu'une cinquantaine d'années après sa mort. Il ne sera déclaré décédé par la justice allemande qu'en 1950. Les demandes d'indemnisations des proches d'Elser pour leurs détentions furent systématiquement rejetées. Seul son beau-frère, Karl Hirth, a réussi à obtenir, en 1958, une indemnité ridicule, de 113 marks, pour les trois mois qu'il avait passés en prison après l'attentat.

Durant des années, le témoignage, tout à fait fantaisiste, de l'agent britannique Payne Best, détenu, a fait autorité. Sans aucun élément, il assurait que Georg Elser avait posé une bombe dans la brasserie *Bürgerbräukeller* de Munich sur l'ordre des nazis. Également détenu en même temps qu'Elser à Sachsenhausen, le pasteur Niemöller, célèbre adversaire du régime hitlérien, a publiquement affirmé que l'ébéniste avait été un instrument de la SS. Le pasteur a cependant dû admettre que sa théorie ne reposait que « sur des bruits qui couraient », qu'il n'avait aucune preuve. Ne pouvant croire, comme beaucoup, qu'Elser avait commis son attentat seul, le pasteur considérait qu'il était forcément l'outil d'une machination nazie pour renforcer le mythe de l'invulnérabilité d'Hitler. Longtemps, les historiens s'en sont tenus alors à la version selon laquelle les motifs de l'attentat de la brasserie étaient obscurs. En 1969, un téléfilm, *Der Attentäter* de Rainer Erler, a même dépeint l'ébéniste comme un marginal et un inadapté social.

Pour que l'on admette que Georg Elser n'avait fait partie d'aucun complot, qu'il avait agi seul contre Hitler, il a fallu la découverte, par l'historien Lothar Gruchmann, dans les années 1970, dans les dossiers du ministère de la Justice du Reich, des procès-verbaux de ses interrogatoires à Berlin. Ces procès-verbaux sont alors publiés. Ils montrent clairement qu'Elser a agi seul. En 1984, le chancelier Helmut Kohl prononce son nom dans un discours consacré à la résistance allemande. En 1989, le long-métrage de Klaus Maria Brandauer, *Georg Elser – Einer aus Deutschland*, fait du petit Souabe un combattant de la résistance antinazi, internationalement connu. En 2014, le réalisateur allemand de *La Chute*, Oliver Hirschbiegel, tourne un film : *Elser, un héros ordinaire*. À l'occasion de son centième anniversaire, en janvier 2003, la Deutsche Post émet un timbre spécial. Mais pour que Königsbronn, la terre natale d'Elser, honore sa mémoire, il faudra attendre les années 1990.

En 2010, une statue de Georg Elser est inaugurée sur le quai n° 2 de la gare de Königsbronn. Là où, le 5 août 1939, il avait pris le train pour Munich pour aller commettre son attentat. En 2008, une stèle a été érigée à Heidenheim-Schnaitheim puis un buste à Berlin. En 2009, une stèle est posée à Constance à l'endroit où Elser fut arrêté en voulant fuir en Suisse. Depuis 2001, un « prix Georg-Elser » est décerné en Allemagne pour récompenser le courage civique, la désobéissance civile contre la violence d'État.

Collection Le jour là
consulté BNF juin 2023
numérisé

Sources

— Archives de la presse allemande.

— Gilbert Badia, *Ces Allemands qui ont affronté Hitler*, Paris, Les Éditions de l'Atelier, 2000.

— André Bogaert, *Un homme seul contre Hitler. L'attentat de la Bürgerbräukeller*, Paris, Éditions Robert Laffont, 1974.

— Johann Georg Elser, *Un attentat contre Hitler. Procès-verbaux des interrogatoires de Johann Georg Elser* (extraits), Arles, Actes Sud, 1999.

— Lothar Gruchmann, *Johann Georg Elser. Autobiographie eines Attentäters. Der Anschlag auf Hitler im Bürgerbräu 1939*, Stuttgart, Deutsche Verlags-Anstalt, 1970. Procès-verbaux d'interrogatoire de la Gestapo sur l'attentat à la bombe dans la *Bürgerbräukeller*.

— Hellmut G. Haasis, *« Den Hitler jag' ich in die Luft ». Der Attentäter Georg Elser. Eine Biographie*, Hamburg, Éditions Nautilus, 2009 (*Erstausgabe*, 1999).

— Helmut Ortner, *Der einsame Attentäter. Georg Elser, Der Mann, der Hitler töten wollte, 1993*, Éditions Nomen, 2008 (1re éd. 1987).

— Ulrich Renz, *Georg Elser. Allein gegen Hitler. Landeszentrale für politische Bildung*, Baden-Württemberg, W. Kohlhammer GmbH, 2014.

FSC
www.fsc.org
MIXTE
Papier issu
de sources
responsables
FSC® C109764

Illustration : Mathieu Persan
Composition et maquette : Nord Compo
Imprimé au Portugal en avril 2023